My Journey North

The autobiography of GOT hero Hodor,
in his own words.

CHAPTER ONE

HODOR! Hodor hodor? Hodor. Hodor hodor Hodor Hodor Hodor hodor. Hodor hodor Hodor hodor Hodor. Hodor hodor hodor hodor Hodor Hodor! hodor hodor hodor Hodor hodor Hodor Hodor hodor. hodor? hodor. hodor hodor Hodor Hodor! Hodor Hodor! hodor? hodor hodor Hodor hodor. Hodor hodor HODOR! hodor Hodor Hodor Hodor! HODOR! hodor Hodor hodor HODOR! Hodor hodor – hodor Hodor! Hodor Hodor hodor. Hodor! Hodor Hodor Hodor. Hodor HODOR! hodor. hodor hodor. Hodor hodor? Hodor Hodor. hodor? Hodor Hodor! Hodor Hodor hodor Hodor hodor Hodor Hodor Hodor. Hodor hodor? Hodor Hodor Hodor hodor Hodor Hodor Hodor hodor hodor hodor HODOR? Hodor HODOR! Hodor Hodor Hodor hodor Hodor hodor. Hodor. hodor Hodor hodor Hodor Hodor Hodor Hodor hodor Hodor Hodor hodor Hodor! hodor Hodor Hodor HODOR! Hodor hodor Hodor HODOR! Hodor Hodor. Hodor hodor Hodor Hodor! Hodor! hodor. HODOR! Hodor. Hodor hodor Hodor Hodor Hodor hodor hodor Hodor. Hodor. hodor hodor. Hodor Hodor Hodor! Hodor Hodor hodor? Hodor! hodor. Hodor. Hodor. HODOR! Hodor! Hodor hodor hodor. hodor Hodor Hodor Hodor! hodor HODOR! hodor. hodor Hodor Hodor! hodor Hodor hodor Hodor Hodor HODOR! hodor Hodor Hodor

Hodor Hodor hodor HODOR! hodor Hodor
Hodor hodor Hodor hodor hodor HODOR!
hodor Hodor! Hodor. hodor hodor Hodor
Hodor Hodor HODOR! Hodor! Hodor Hodor
Hodor Hodor hodor Hodor HODOR! hodor
Hodor Hodor Hodor Hodor hodor Hodor
Hodor Hodor HODOR! hodor HODOR!
Hodor hodor. Hodor hodor hodor hodor
hodor? hodor Hodor Hodor Hodor hodor
hodor hodor Hodor hodor hodor? hodor
hodor. hodor. Hodor! Hodor hodor hodor
Hodor hodor hodor. HODOR! HODOR!
Hodor Hodor Hodor Hodor. Hodor. hodor.
Hodor Hodor hodor HODOR! hodor hodor?
Hodor Hodor! Hodor Hodor hodor hodor
Hodor Hodor. hodor. Hodor Hodor hodor
Hodor Hodor Hodor Hodor! hodor. hodor
hodor Hodor hodor HODOR! Hodor
HODOR! Hodor Hodor hodor Hodor Hodor
Hodor hodor. hodor? hodor? HODOR! Hodor
hodor. Hodor hodor hodor Hodor! Hodor
hodor? Hodor Hodor hodor hodor Hodor
hodor Hodor! Hodor HODOR! hodor hodor?
hodor? HODOR! HODOR! Hodor! Hodor
hodor Hodor hodor hodor. hodor Hodor
hodor hodor? Hodor. hodor. Hodor hodor.
HODOR! hodor. Hodor Hodor HODOR!
hodor hodor Hodor Hodor HODOR! Hodor
Hodor. hodor Hodor Hodor Hodor hodor
hodor hodor Hodor Hodor Hodor. Hodor
Hodor Hodor Hodor Hodor! Hodor. Hodor
Hodor Hodor Hodor Hodor hodor. hodor
hodor hodor hodor? Hodor Hodor Hodor

Hodor Hodor Hodor. Hodor Hodor hodor. Hodor Hodor Hodor Hodor Hodor Hodor Hodor Hodor hodor? Hodor. hodor Hodor Hodor! Hodor. hodor Hodor hodor. HODOR! Hodor HODOR! Hodor hodor. hodor Hodor hodor Hodor Hodor! hodor Hodor Hodor Hodor. HODOR! Hodor Hodor. hodor Hodor Hodor hodor hodor Hodor Hodor Hodor! Hodor HODOR! Hodor. Hodor Hodor hodor hodor? Hodor Hodor. Hodor hodor Hodor HODOR! Hodor! hodor Hodor HODOR! HODOR! hodor hodor. Hodor. Hodor Hodor Hodor! Hodor Hodor. Hodor hodor? hodor Hodor Hodor hodor Hodor hodor? Hodor Hodor hodor hodor Hodor Hodor Hodor. Hodor Hodor Hodor Hodor! HODOR! Hodor! hodor Hodor HODOR! Hodor. hodor Hodor hodor Hodor hodor Hodor Hodor Hodor! Hodor. hodor hodor Hodor hodor? Hodor Hodor Hodor Hodor Hodor Hodor! Hodor Hodor Hodor hodor. Hodor Hodor Hodor hodor hodor Hodor hodor Hodor hodor? Hodor. Hodor hodor Hodor hodor. HODOR! hodor Hodor! hodor hodor? hodor hodor. Hodor Hodor Hodor! Hodor. hodor. hodor. Hodor Hodor hodor hodor hodor Hodor hodor Hodor Hodor Hodor hodor hodor. hodor hodor? Hodor hodor. Hodor HODOR! hodor? hodor Hodor Hodor Hodor hodor Hodor Hodor hodor Hodor HODOR! Hodor hodor Hodor hodor HODOR! Hodor Hodor Hodor hodor Hodor Hodor! Hodor Hodor! hodor hodor Hodor Hodor Hodor. hodor

© 2019 Hodor

Hodor hodor. hodor? Hodor. Hodor Hodor
Hodor. Hodor HODOR! hodor hodor Hodor
HODOR! Hodor Hodor Hodor hodor. Hodor
hodor Hodor hodor Hodor hodor Hodor.
Hodor Hodor. Hodor hodor hodor. hodor
Hodor Hodor hodor? Hodor Hodor Hodor
Hodor Hodor Hodor! hodor? hodor Hodor
Hodor. Hodor Hodor Hodor. hodor. hodor
hodor Hodor! Hodor. hodor hodor hodor
hodor hodor. Hodor. hodor hodor Hodor
Hodor Hodor. Hodor Hodor Hodor hodor
Hodor Hodor HODOR! Hodor hodor Hodor
hodor HODOR! hodor hodor Hodor Hodor
hodor hodor? Hodor Hodor HODOR! Hodor
Hodor hodor hodor. Hodor Hodor hodor
hodor Hodor HODOR! hodor Hodor Hodor.
Hodor Hodor hodor Hodor Hodor! HODOR!
Hodor Hodor. Hodor! hodor Hodor Hodor!
Hodor Hodor Hodor Hodor hodor hodor.
Hodor Hodor Hodor Hodor! Hodor. hodor
Hodor hodor. Hodor! Hodor Hodor. Hodor.
Hodor hodor hodor. hodor. Hodor. HODOR!
Hodor hodor? Hodor hodor hodor? hodor
Hodor Hodor hodor Hodor HODOR! hodor
Hodor hodor. hodor hodor HODOR! Hodor
Hodor Hodor Hodor Hodor Hodor HODOR!
Hodor Hodor hodor Hodor hodor Hodor
Hodor. Hodor Hodor! Hodor! hodor? Hodor
hodor Hodor Hodor HODOR! hodor? Hodor
hodor? Hodor Hodor Hodor Hodor hodor
Hodor Hodor Hodor Hodor hodor? hodor
Hodor Hodor hodor. hodor? Hodor Hodor
Hodor Hodor hodor. hodor. Hodor hodor

hodor hodor Hodor Hodor. hodor hodor
Hodor Hodor hodor. hodor hodor? Hodor
Hodor hodor hodor HODOR! hodor hodor.
Hodor hodor hodor. Hodor hodor Hodor!
Hodor Hodor hodor Hodor HODOR! Hodor
Hodor! hodor Hodor hodor? Hodor Hodor
Hodor hodor? hodor hodor? Hodor hodor
hodor hodor? Hodor. Hodor hodor hodor.
hodor HODOR! hodor Hodor hodor. hodor
Hodor Hodor HODOR! hodor? Hodor! Hodor
hodor? hodor Hodor hodor hodor Hodor
Hodor hodor hodor Hodor Hodor. HODOR!
Hodor. Hodor. hodor Hodor! Hodor! Hodor!
Hodor Hodor hodor hodor hodor? hodor
Hodor hodor. hodor Hodor Hodor HODOR!
hodor Hodor hodor Hodor Hodor hodor
hodor? hodor Hodor hodor hodor hodor
hodor? Hodor. Hodor! Hodor. hodor? Hodor.
Hodor Hodor Hodor Hodor Hodor Hodor
HODOR! hodor Hodor! Hodor! hodor Hodor
hodor? Hodor! hodor. Hodor Hodor hodor
hodor Hodor Hodor! Hodor hodor Hodor
Hodor Hodor Hodor. HODOR! HODOR!
Hodor. hodor? hodor Hodor HODOR! Hodor!
Hodor hodor? Hodor. HODOR! Hodor Hodor
hodor Hodor! hodor HODOR! Hodor Hodor!
Hodor hodor hodor Hodor Hodor Hodor
Hodor Hodor. Hodor hodor? Hodor Hodor
HODOR! Hodor. Hodor hodor. Hodor hodor.
Hodor hodor Hodor hodor? Hodor Hodor
hodor hodor hodor? hodor. hodor. Hodor
hodor hodor hodor Hodor hodor? hodor
Hodor. hodor hodor Hodor Hodor! Hodor

Hodor Hodor hodor Hodor hodor. Hodor Hodor hodor? hodor Hodor hodor Hodor Hodor hodor Hodor! Hodor Hodor hodor hodor Hodor. Hodor! Hodor Hodor hodor Hodor Hodor Hodor Hodor hodor? hodor Hodor Hodor. HODOR! HODOR! Hodor hodor Hodor hodor Hodor hodor Hodor! hodor Hodor. Hodor hodor Hodor HODOR! Hodor HODOR! hodor HODOR! Hodor Hodor. hodor. hodor – Hodor Hodor Hodor Hodor Hodor hodor. HODOR! hodor hodor Hodor Hodor hodor Hodor! Hodor Hodor. hodor hodor hodor hodor? Hodor hodor? Hodor! hodor. Hodor Hodor hodor. Hodor hodor. Hodor Hodor hodor Hodor Hodor Hodor hodor hodor. Hodor Hodor Hodor. hodor Hodor! Hodor. Hodor hodor HODOR! Hodor Hodor Hodor Hodor hodor Hodor! Hodor. hodor hodor hodor Hodor hodor HODOR! Hodor hodor Hodor Hodor hodor Hodor hodor. hodor. hodor Hodor hodor hodor. Hodor. hodor. Hodor hodor? hodor Hodor Hodor hodor Hodor! hodor Hodor Hodor Hodor hodor Hodor Hodor hodor hodor? hodor? Hodor. Hodor hodor Hodor. Hodor Hodor. Hodor Hodor Hodor Hodor Hodor hodor Hodor! Hodor Hodor Hodor Hodor Hodor hodor hodor? hodor. hodor. hodor hodor Hodor Hodor HODOR! hodor hodor hodor? HODOR! Hodor hodor? Hodor Hodor hodor hodor Hodor Hodor hodor hodor Hodor Hodor! Hodor hodor hodor? hodor hodor. Hodor hodor? Hodor hodor.

hodor? Hodor. hodor. Hodor Hodor! Hodor Hodor Hodor. hodor hodor Hodor hodor. hodor? Hodor. Hodor Hodor. hodor Hodor! Hodor Hodor Hodor Hodor Hodor Hodor Hodor hodor Hodor Hodor hodor Hodor Hodor Hodor hodor hodor hodor. Hodor. hodor hodor Hodor Hodor Hodor! hodor hodor? hodor. Hodor hodor. hodor Hodor Hodor! Hodor hodor Hodor Hodor hodor Hodor. Hodor! Hodor Hodor hodor Hodor. Hodor HODOR! Hodor Hodor Hodor Hodor Hodor Hodor hodor hodor Hodor hodor Hodor hodor? hodor hodor hodor. Hodor. Hodor Hodor hodor? hodor Hodor Hodor hodor. HODOR! Hodor Hodor! HODOR! hodor. Hodor hodor Hodor Hodor Hodor Hodor! Hodor hodor Hodor hodor HODOR! Hodor hodor. hodor hodor Hodor Hodor hodor hodor Hodor hodor? HODOR! Hodor Hodor hodor. hodor. Hodor! Hodor. Hodor HODOR! Hodor hodor? Hodor hodor hodor. Hodor hodor hodor hodor? Hodor hodor hodor hodor hodor? Hodor Hodor Hodor Hodor. Hodor hodor hodor Hodor Hodor. hodor Hodor Hodor Hodor HODOR! Hodor HODOR! HODOR! Hodor! Hodor. hodor hodor. hodor hodor Hodor Hodor Hodor hodor hodor? hodor Hodor hodor Hodor hodor hodor Hodor Hodor. hodor? hodor Hodor. hodor Hodor! Hodor! hodor hodor. Hodor. HODOR! Hodor Hodor hodor Hodor hodor Hodor Hodor Hodor hodor. hodor Hodor Hodor. Hodor Hodor hodor? hodor?

hodor? hodor Hodor hodor. hodor hodor
Hodor hodor hodor hodor? Hodor hodor
Hodor Hodor Hodor hodor Hodor Hodor
Hodor hodor hodor hodor. Hodor hodor.
Hodor. hodor Hodor Hodor hodor hodor
hodor hodor Hodor HODOR! Hodor
HODOR! HODOR! Hodor Hodor Hodor
hodor Hodor hodor hodor Hodor! Hodor
hodor Hodor hodor. Hodor Hodor hodor
hodor hodor Hodor hodor hodor. Hodor!
Hodor hodor. hodor hodor? Hodor hodor?
Hodor! hodor Hodor HODOR! hodor Hodor
hodor? Hodor! hodor hodor? Hodor Hodor
Hodor Hodor HODOR! hodor hodor Hodor
Hodor hodor Hodor hodor HODOR! Hodor
Hodor Hodor Hodor hodor Hodor hodor
hodor. Hodor. hodor. Hodor Hodor hodor
Hodor hodor hodor Hodor hodor. HODOR!
hodor. hodor Hodor Hodor! hodor HODOR!
hodor hodor HODOR! hodor? hodor? hodor
hodor hodor. hodor hodor HODOR! hodor?
Hodor Hodor hodor Hodor Hodor hodor
Hodor hodor? Hodor hodor Hodor Hodor
Hodor Hodor Hodor Hodor! Hodor. Hodor
Hodor hodor? Hodor Hodor Hodor. hodor
hodor? Hodor! hodor hodor. Hodor HODOR!
hodor Hodor Hodor HODOR! Hodor Hodor
Hodor Hodor hodor Hodor! hodor hodor
hodor Hodor hodor hodor Hodor Hodor
hodor hodor? Hodor Hodor hodor hodor
Hodor Hodor Hodor Hodor HODOR! Hodor
hodor Hodor Hodor! Hodor hodor Hodor
hodor Hodor. Hodor Hodor hodor hodor

hodor. Hodor. Hodor Hodor Hodor Hodor hodor. Hodor Hodor. hodor Hodor Hodor Hodor. hodor. hodor Hodor hodor Hodor Hodor. hodor Hodor Hodor! Hodor hodor. hodor Hodor HODOR! hodor? Hodor hodor hodor? Hodor. hodor hodor? hodor hodor Hodor! Hodor Hodor hodor hodor hodor hodor HODOR! hodor hodor Hodor. Hodor! hodor. HODOR! Hodor Hodor Hodor Hodor hodor? hodor Hodor Hodor hodor hodor Hodor. Hodor Hodor Hodor Hodor Hodor Hodor Hodor Hodor! hodor hodor? Hodor hodor. hodor Hodor Hodor hodor. Hodor Hodor hodor. HODOR! hodor Hodor Hodor. Hodor Hodor Hodor! hodor? Hodor Hodor hodor Hodor hodor. Hodor hodor? Hodor Hodor hodor hodor hodor. hodor hodor. Hodor Hodor Hodor Hodor! Hodor hodor HODOR! Hodor Hodor Hodor hodor Hodor Hodor hodor Hodor. Hodor Hodor Hodor Hodor Hodor. hodor. Hodor hodor Hodor! hodor hodor? Hodor. Hodor Hodor Hodor Hodor! Hodor hodor hodor Hodor Hodor hodor. HODOR! Hodor Hodor hodor hodor hodor Hodor Hodor HODOR! Hodor Hodor Hodor Hodor hodor. Hodor! Hodor Hodor! hodor HODOR! hodor? Hodor Hodor hodor Hodor. Hodor hodor? Hodor Hodor Hodor Hodor Hodor hodor HODOR! Hodor Hodor hodor hodor? Hodor hodor Hodor hodor hodor Hodor hodor hodor? Hodor. hodor Hodor Hodor hodor Hodor Hodor Hodor Hodor Hodor hodor hodor. hodor hodor

Hodor Hodor! Hodor! hodor Hodor hodor.
hodor Hodor hodor Hodor Hodor Hodor
Hodor hodor hodor? hodor? Hodor Hodor
Hodor! hodor Hodor Hodor hodor Hodor!
Hodor hodor. Hodor hodor Hodor hodor
Hodor Hodor hodor Hodor Hodor hodor.
hodor? hodor hodor. Hodor Hodor Hodor.
Hodor Hodor. hodor hodor? hodor Hodor!
Hodor HODOR! hodor Hodor Hodor! hodor
hodor? Hodor. hodor Hodor hodor. Hodor
Hodor Hodor hodor Hodor Hodor! hodor?
Hodor hodor hodor Hodor! Hodor Hodor
HODOR! hodor hodor hodor Hodor Hodor!
Hodor! Hodor Hodor Hodor! hodor Hodor!
hodor hodor hodor. hodor Hodor Hodor
Hodor! HODOR! Hodor. Hodor! Hodor!
hodor. Hodor. Hodor! Hodor hodor Hodor.
hodor Hodor! Hodor Hodor Hodor Hodor
hodor Hodor hodor Hodor Hodor Hodor
hodor Hodor Hodor Hodor Hodor hodor
hodor? Hodor Hodor hodor Hodor Hodor
Hodor hodor hodor hodor Hodor Hodor!
Hodor Hodor hodor? Hodor Hodor Hodor
Hodor hodor? hodor hodor Hodor Hodor
hodor. Hodor hodor? Hodor hodor? HODOR!
HODOR! Hodor Hodor! Hodor. Hodor Hodor
Hodor Hodor! Hodor! Hodor! Hodor hodor.
hodor hodor Hodor hodor hodor Hodor.
Hodor! Hodor Hodor! Hodor hodor Hodor.
HODOR! HODOR! Hodor hodor HODOR!
Hodor! Hodor Hodor Hodor Hodor HODOR!
Hodor hodor Hodor hodor Hodor Hodor
Hodor hodor? hodor? hodor? hodor Hodor

Hodor Hodor Hodor Hodor Hodor hodor Hodor HODOR! Hodor Hodor hodor. Hodor Hodor. hodor hodor Hodor HODOR! Hodor hodor HODOR! Hodor Hodor Hodor! hodor Hodor hodor? Hodor. hodor hodor Hodor hodor hodor hodor? hodor hodor Hodor hodor. Hodor hodor? Hodor hodor. Hodor Hodor hodor. hodor? Hodor HODOR! Hodor Hodor hodor hodor hodor. hodor? hodor Hodor hodor hodor. Hodor hodor Hodor hodor HODOR! Hodor hodor Hodor Hodor Hodor hodor Hodor Hodor hodor hodor. hodor hodor? hodor. Hodor hodor? Hodor Hodor Hodor Hodor hodor. HODOR! Hodor Hodor Hodor! Hodor Hodor hodor. Hodor Hodor hodor HODOR! Hodor Hodor Hodor! HODOR! HODOR! hodor? Hodor. Hodor Hodor Hodor Hodor Hodor Hodor hodor Hodor Hodor Hodor Hodor Hodor Hodor hodor? Hodor Hodor Hodor Hodor Hodor. Hodor. hodor? HODOR! Hodor! hodor Hodor hodor Hodor Hodor hodor HODOR! Hodor Hodor Hodor Hodor. Hodor hodor. Hodor hodor hodor Hodor Hodor Hodor Hodor hodor Hodor Hodor HODOR! Hodor. Hodor Hodor hodor HODOR! hodor Hodor Hodor. hodor? Hodor Hodor Hodor Hodor Hodor hodor Hodor. Hodor hodor Hodor Hodor hodor hodor hodor hodor. Hodor hodor. – Hodor Hodor Hodor HODOR! Hodor. Hodor hodor Hodor hodor? Hodor hodor. Hodor hodor Hodor Hodor hodor Hodor Hodor hodor? hodor hodor hodor hodor? Hodor!

Hodor Hodor Hodor Hodor hodor. Hodor
HODOR! hodor hodor. hodor Hodor hodor
Hodor hodor hodor? Hodor Hodor Hodor
hodor Hodor Hodor Hodor! Hodor Hodor!
Hodor Hodor! Hodor hodor Hodor hodor
Hodor hodor Hodor! Hodor Hodor hodor
Hodor hodor hodor hodor hodor? Hodor
Hodor. Hodor Hodor Hodor. Hodor Hodor!
Hodor Hodor hodor hodor Hodor. Hodor
hodor. Hodor! Hodor Hodor hodor HODOR!
Hodor Hodor Hodor hodor? HODOR!
HODOR! Hodor Hodor Hodor Hodor Hodor
hodor hodor? hodor HODOR! Hodor. hodor
hodor? hodor HODOR! hodor Hodor Hodor
HODOR! Hodor. hodor Hodor Hodor Hodor.
Hodor Hodor Hodor hodor hodor hodor
hodor hodor Hodor Hodor. Hodor hodor
Hodor Hodor hodor Hodor Hodor! Hodor
Hodor. Hodor! Hodor Hodor hodor. hodor
HODOR! Hodor hodor? Hodor Hodor. Hodor
hodor Hodor hodor Hodor! Hodor Hodor.
Hodor. hodor Hodor hodor HODOR! Hodor!
hodor. hodor? hodor Hodor Hodor Hodor.
Hodor hodor Hodor! hodor? Hodor! hodor?
hodor Hodor hodor hodor hodor Hodor
HODOR! Hodor Hodor Hodor. Hodor hodor
Hodor! Hodor Hodor hodor Hodor Hodor
hodor. Hodor Hodor hodor Hodor Hodor
hodor hodor Hodor Hodor Hodor Hodor
Hodor! hodor Hodor hodor. hodor hodor
Hodor Hodor Hodor! hodor Hodor Hodor!
Hodor. Hodor hodor? Hodor hodor hodor
Hodor Hodor. Hodor Hodor hodor? Hodor

Hodor. Hodor. Hodor Hodor Hodor Hodor Hodor Hodor Hodor hodor hodor hodor Hodor Hodor Hodor Hodor hodor Hodor hodor. hodor Hodor! hodor Hodor hodor. hodor Hodor hodor? Hodor. HODOR! Hodor Hodor HODOR! Hodor hodor? Hodor hodor Hodor Hodor hodor Hodor hodor Hodor hodor hodor hodor Hodor Hodor. Hodor HODOR! hodor Hodor. Hodor Hodor Hodor Hodor. hodor? Hodor Hodor. Hodor Hodor HODOR! Hodor HODOR! hodor? Hodor. Hodor Hodor Hodor hodor? hodor hodor hodor.

CHAPTER TWO

Hodor Hodor. hodor Hodor Hodor Hodor hodor hodor hodor Hodor Hodor Hodor. Hodor Hodor Hodor Hodor Hodor! Hodor. Hodor Hodor Hodor Hodor Hodor hodor. hodor hodor hodor hodor? Hodor Hodor Hodor Hodor Hodor Hodor. Hodor Hodor hodor. Hodor Hodor Hodor Hodor Hodor Hodor Hodor Hodor hodor? Hodor. hodor Hodor Hodor! Hodor. hodor Hodor hodor. HODOR! Hodor HODOR! Hodor hodor. hodor Hodor hodor Hodor Hodor! hodor Hodor Hodor Hodor. HODOR! Hodor Hodor. hodor Hodor Hodor hodor hodor Hodor Hodor Hodor! Hodor HODOR! Hodor. Hodor Hodor hodor hodor? Hodor Hodor. Hodor hodor Hodor HODOR! Hodor! hodor Hodor HODOR! HODOR! hodor hodor. Hodor. Hodor Hodor Hodor! Hodor Hodor. Hodor hodor? hodor Hodor Hodor hodor Hodor hodor? Hodor Hodor hodor hodor Hodor Hodor Hodor. Hodor Hodor Hodor Hodor! HODOR! Hodor! hodor Hodor HODOR! Hodor. hodor Hodor hodor Hodor hodor Hodor Hodor Hodor! Hodor. hodor hodor Hodor hodor? Hodor Hodor Hodor Hodor Hodor Hodor! Hodor Hodor Hodor hodor. Hodor Hodor Hodor hodor hodor Hodor hodor Hodor hodor? Hodor. Hodor hodor Hodor hodor. HODOR! hodor Hodor! hodor hodor? hodor hodor. Hodor Hodor Hodor! Hodor. hodor. hodor. Hodor Hodor hodor

hodor hodor Hodor hodor Hodor Hodor Hodor hodor hodor. hodor hodor? Hodor hodor. Hodor HODOR! hodor? hodor Hodor Hodor Hodor hodor Hodor Hodor hodor Hodor HODOR! Hodor hodor Hodor hodor HODOR! Hodor Hodor Hodor hodor Hodor Hodor! Hodor Hodor! hodor hodor Hodor Hodor Hodor. hodor Hodor hodor. hodor? Hodor. Hodor Hodor Hodor. Hodor HODOR! hodor hodor Hodor HODOR! Hodor Hodor Hodor hodor. Hodor hodor Hodor hodor Hodor hodor Hodor. Hodor Hodor. Hodor hodor hodor. hodor Hodor Hodor hodor? Hodor Hodor Hodor Hodor Hodor Hodor! hodor? hodor Hodor Hodor. Hodor Hodor Hodor. hodor. hodor hodor Hodor! Hodor. hodor hodor hodor hodor hodor. Hodor. hodor hodor Hodor Hodor Hodor. Hodor Hodor Hodor hodor Hodor Hodor HODOR! Hodor hodor Hodor hodor HODOR! hodor hodor Hodor Hodor hodor hodor? Hodor Hodor HODOR! Hodor Hodor hodor hodor. Hodor Hodor hodor hodor Hodor HODOR! hodor Hodor Hodor. Hodor Hodor hodor Hodor Hodor! HODOR! Hodor Hodor. Hodor! hodor Hodor Hodor! Hodor Hodor Hodor Hodor hodor hodor. Hodor Hodor Hodor Hodor! Hodor. hodor Hodor hodor. Hodor! Hodor Hodor. Hodor. Hodor hodor hodor. hodor. Hodor. HODOR! Hodor hodor? Hodor hodor hodor? hodor Hodor Hodor hodor Hodor HODOR! hodor Hodor hodor. hodor hodor HODOR! Hodor Hodor Hodor

Hodor Hodor Hodor HODOR! Hodor Hodor hodor Hodor hodor Hodor Hodor. Hodor Hodor! Hodor! hodor? Hodor hodor Hodor Hodor HODOR! hodor? Hodor hodor? Hodor Hodor Hodor Hodor hodor Hodor Hodor Hodor Hodor hodor? hodor Hodor Hodor hodor. hodor? Hodor Hodor Hodor Hodor hodor. hodor. Hodor hodor hodor hodor Hodor Hodor. hodor hodor Hodor Hodor hodor. hodor hodor?

Hodor Hodor. Hodor hodor? hodor Hodor Hodor hodor Hodor hodor? Hodor Hodor hodor hodor Hodor Hodor Hodor. Hodor Hodor Hodor Hodor! HODOR! Hodor! hodor Hodor HODOR! Hodor. hodor Hodor hodor Hodor hodor Hodor Hodor Hodor! Hodor. hodor hodor Hodor hodor? Hodor Hodor Hodor Hodor Hodor Hodor! Hodor Hodor Hodor hodor. Hodor Hodor Hodor hodor hodor Hodor hodor Hodor hodor? Hodor. Hodor hodor Hodor hodor. HODOR! hodor Hodor! hodor hodor? hodor hodor. Hodor Hodor Hodor! Hodor. hodor. hodor. Hodor Hodor hodor hodor hodor Hodor hodor Hodor Hodor Hodor hodor hodor. hodor hodor? Hodor hodor. Hodor HODOR! hodor? hodor Hodor Hodor Hodor hodor Hodor Hodor hodor Hodor HODOR! Hodor hodor Hodor hodor HODOR! Hodor Hodor Hodor hodor Hodor Hodor! Hodor Hodor! hodor hodor Hodor Hodor Hodor.

CHAPTER THREE

Hodor Hodor. Hodor hodor? hodor Hodor Hodor hodor Hodor hodor? Hodor Hodor hodor hodor Hodor Hodor Hodor. Hodor Hodor Hodor Hodor! HODOR! Hodor! hodor Hodor HODOR! Hodor. hodor Hodor hodor Hodor hodor Hodor Hodor Hodor! Hodor. hodor hodor Hodor hodor? Hodor Hodor Hodor Hodor Hodor Hodor! Hodor Hodor Hodor hodor. Hodor Hodor Hodor hodor hodor Hodor hodor Hodor hodor? Hodor. Hodor hodor Hodor hodor. HODOR! hodor Hodor! hodor hodor? hodor hodor. Hodor Hodor Hodor! Hodor. hodor. hodor. Hodor Hodor hodor hodor hodor Hodor hodor Hodor Hodor Hodor hodor hodor. hodor hodor? Hodor hodor. Hodor HODOR! hodor? hodor Hodor Hodor Hodor hodor Hodor Hodor hodor Hodor HODOR! Hodor hodor Hodor hodor HODOR! Hodor Hodor Hodor hodor Hodor Hodor! Hodor Hodor! hodor hodor Hodor Hodor Hodor. Hodor Hodor Hodor! Hodor Hodor! (Hodor Hodor) Hodor hodor Hodor hodor Hodor hodor Hodor! Hodor Hodor hodor Hodor hodor hodor hodor hodor? Hodor Hodor. Hodor Hodor Hodor. Hodor Hodor! Hodor Hodor hodor hodor Hodor. Hodor hodor. Hodor! Hodor Hodor hodor HODOR! Hodor Hodor Hodor hodor? HODOR! HODOR! Hodor Hodor Hodor Hodor Hodor hodor hodor? hodor HODOR! Hodor. hodor hodor? hodor

HODOR! hodor Hodor Hodor HODOR! Hodor. hodor Hodor Hodor Hodor. Hodor Hodor Hodor hodor hodor hodor hodor hodor Hodor Hodor. Hodor hodor Hodor Hodor hodor Hodor Hodor! Hodor Hodor. Hodor! Hodor Hodor hodor. hodor HODOR! Hodor hodor? Hodor Hodor. Hodor hodor Hodor hodor Hodor! Hodor Hodor. Hodor. hodor Hodor hodor HODOR! Hodor! hodor. hodor? hodor Hodor Hodor Hodor. Hodor hodor Hodor! hodor? Hodor! hodor? hodor Hodor hodor hodor hodor Hodor HODOR! Hodor Hodor Hodor. Hodor hodor Hodor! Hodor Hodor hodor Hodor Hodor hodor. Hodor Hodor hodor Hodor Hodor hodor hodor Hodor Hodor Hodor Hodor Hodor! hodor Hodor hodor. hodor hodor Hodor Hodor Hodor! hodor Hodor Hodor! Hodor. Hodor hodor? Hodor hodor hodor Hodor Hodor. Hodor Hodor hodor? Hodor Hodor. Hodor. Hodor Hodor Hodor Hodor Hodor Hodor Hodor hodor hodor hodor Hodor Hodor Hodor Hodor hodor Hodor hodor. hodor Hodor! hodor Hodor hodor. hodor Hodor hodor? Hodor. HODOR! Hodor Hodor HODOR! Hodor hodor? Hodor hodor Hodor Hodor hodor Hodor hodor Hodor hodor hodor hodor Hodor Hodor. Hodor HODOR! hodor Hodor. Hodor Hodor Hodor Hodor. hodor? Hodor Hodor. Hodor Hodor HODOR! Hodor HODOR! hodor? Hodor.

Hodor Hodor Hodor! Hodor Hodor! Hodor Hodor! Hodor hodor Hodor hodor Hodor hodor Hodor! Hodor Hodor hodor Hodor hodor hodor hodor hodor? Hodor Hodor. Hodor Hodor Hodor. Hodor Hodor! Hodor Hodor hodor hodor Hodor. Hodor hodor. Hodor! Hodor Hodor hodor HODOR! Hodor Hodor Hodor hodor? HODOR! HODOR! Hodor Hodor Hodor Hodor Hodor hodor hodor? hodor HODOR! Hodor. hodor hodor? hodor HODOR! hodor Hodor Hodor HODOR! Hodor. hodor Hodor Hodor Hodor. Hodor Hodor Hodor hodor hodor hodor hodor hodor Hodor Hodor. Hodor hodor Hodor Hodor hodor Hodor Hodor! Hodor Hodor. Hodor! Hodor Hodor hodor. hodor HODOR! Hodor hodor? Hodor Hodor. Hodor hodor Hodor hodor Hodor! Hodor Hodor. Hodor. hodor Hodor hodor HODOR! Hodor! hodor. hodor? hodor Hodor Hodor Hodor. Hodor hodor Hodor! hodor? Hodor! hodor? hodor Hodor hodor hodor hodor Hodor HODOR! Hodor Hodor Hodor. Hodor hodor Hodor! Hodor Hodor hodor Hodor Hodor hodor. Hodor Hodor hodor Hodor Hodor hodor hodor Hodor Hodor Hodor Hodor Hodor! hodor Hodor hodor. hodor hodor Hodor Hodor Hodor! hodor Hodor Hodor! Hodor. Hodor hodor? Hodor hodor hodor Hodor Hodor. Hodor Hodor hodor? Hodor Hodor. Hodor. Hodor Hodor Hodor Hodor Hodor Hodor Hodor hodor hodor hodor Hodor Hodor Hodor Hodor hodor Hodor

hodor. hodor Hodor! hodor Hodor hodor. hodor Hodor hodor? Hodor. HODOR! Hodor Hodor HODOR! Hodor hodor? Hodor hodor Hodor Hodor hodor Hodor hodor Hodor hodor hodor hodor Hodor Hodor. Hodor HODOR! hodor Hodor. Hodor Hodor Hodor Hodor. hodor? Hodor Hodor. Hodor Hodor HODOR! Hodor HODOR! hodor? Hodor. Hodor Hodor Hodor. Hodor hodor Hodor! Hodor Hodor hodor Hodor Hodor hodor. Hodor Hodor hodor Hodor Hodor hodor hodor Hodor Hodor Hodor Hodor Hodor! hodor Hodor hodor. hodor hodor Hodor Hodor Hodor! hodor Hodor Hodor! Hodor. Hodor hodor? Hodor hodor hodor Hodor Hodor. Hodor Hodor hodor? Hodor Hodor. Hodor. Hodor Hodor Hodor Hodor Hodor Hodor Hodor hodor hodor hodor Hodor Hodor Hodor Hodor hodor Hodor hodor. hodor Hodor! hodor Hodor hodor. hodor Hodor hodor? Hodor. HODOR! Hodor Hodor HODOR! Hodor hodor? Hodor hodor Hodor Hodor hodor Hodor hodor Hodor hodor hodor hodor Hodor Hodor. Hodor hodor. hodor hodor Hodor Hodor Hodor! hodor Hodor Hodor! Hodor. Hodor hodor? Hodor hodor hodor Hodor Hodor. Hodor Hodor hodor? Hodor Hodor. Hodor. Hodor Hodor Hodor Hodor Hodor Hodor hodor hodor hodor Hodor Hodor Hodor Hodor hodor Hodor hodor. hodor Hodor! hodor Hodor hodor. hodor Hodor hodor? Hodor. HODOR! Hodor Hodor HODOR! Hodor

hodor? Hodor hodor Hodor Hodor hodor Hodor hodor Hodor hodor hodor hodor Hodor Hodor. Hodor Hodor HODOR! Hodor. hodor Hodor Hodor Hodor. Hodor Hodor Hodor hodor hodor hodor hodor hodor Hodor Hodor. Hodor hodor Hodor Hodor hodor Hodor Hodor! Hodor Hodor. Hodor! Hodor Hodor hodor. hodor HODOR! Hodor hodor? Hodor Hodor. Hodor hodor Hodor hodor Hodor! Hodor Hodor. Hodor. hodor Hodor hodor HODOR! Hodor! hodor. hodor? hodor Hodor Hodor Hodor. Hodor hodor Hodor! hodor? Hodor! hodor? hodor Hodor hodor hodor hodor Hodor HODOR! Hodor Hodor Hodor. Hodor hodor Hodor! Hodor Hodor hodor Hodor Hodor hodor. Hodor Hodor hodor Hodor Hodor hodor hodor Hodor Hodor Hodor Hodor Hodor! hodor Hodor hodor. hodor hodor Hodor Hodor Hodor! hodor Hodor Hodor! Hodor. Hodor hodor? Hodor hodor hodor Hodor Hodor. Hodor Hodor hodor? Hodor Hodor. Hodor. Hodor Hodor Hodor Hodor Hodor Hodor Hodor hodor hodor hodor Hodor Hodor Hodor Hodor hodor Hodor hodor. hodor Hodor! hodor Hodor hodor. hodor Hodor hodor? Hodor. HODOR! Hodor Hodor HODOR! Hodor hodor? Hodor hodor Hodor Hodor hodor Hodor hodor Hodor hodor hodor hodor Hodor Hodor. Hodor HODOR! hodor Hodor. Hodor Hodor Hodor Hodor. hodor? Hodor Hodor. Hodor Hodor HODOR! Hodor HODOR! hodor? Hodor.

Hodor Hodor Hodor. Hodor hodor Hodor! Hodor Hodor hodor Hodor Hodor hodor.

Hodor Hodor HODOR! Hodor. hodor Hodor Hodor Hodor. Hodor Hodor Hodor hodor hodor hodor hodor hodor Hodor Hodor. Hodor hodor Hodor Hodor hodor Hodor Hodor! Hodor Hodor. Hodor! Hodor Hodor hodor. hodor HODOR! Hodor hodor? Hodor Hodor. Hodor hodor Hodor hodor Hodor! Hodor Hodor. Hodor. hodor Hodor hodor HODOR! Hodor! hodor. hodor? hodor Hodor Hodor Hodor. Hodor hodor Hodor! hodor? Hodor! hodor? hodor Hodor hodor hodor hodor Hodor HODOR! Hodor Hodor Hodor. Hodor hodor Hodor! Hodor Hodor hodor Hodor Hodor hodor. Hodor Hodor hodor Hodor Hodor hodor hodor Hodor Hodor Hodor Hodor Hodor! hodor Hodor hodor. hodor hodor Hodor Hodor Hodor! hodor Hodor Hodor! Hodor. Hodor hodor? Hodor hodor hodor Hodor Hodor. Hodor Hodor hodor? Hodor Hodor. Hodor. Hodor Hodor Hodor Hodor Hodor Hodor Hodor hodor hodor hodor Hodor Hodor Hodor Hodor hodor Hodor hodor. hodor Hodor! hodor Hodor hodor. hodor Hodor hodor? Hodor. HODOR! Hodor Hodor HODOR! Hodor hodor? Hodor hodor Hodor Hodor hodor Hodor hodor Hodor hodor hodor hodor Hodor Hodor. Hodor HODOR! hodor Hodor. Hodor Hodor Hodor Hodor. hodor? Hodor

Hodor. Hodor Hodor HODOR! Hodor
HODOR! hodor? Hodor.
Hodor Hodor Hodor. Hodor hodor Hodor!
Hodor Hodor hodor Hodor Hodor hodor.
Hodor Hodor Hodor. hodor hodor? Hodor!
hodor hodor. Hodor HODOR! hodor Hodor
Hodor HODOR! Hodor Hodor Hodor Hodor
hodor Hodor! hodor hodor hodor Hodor
hodor hodor Hodor Hodor hodor hodor?
Hodor Hodor hodor hodor Hodor Hodor
Hodor Hodor HODOR! Hodor hodor Hodor
Hodor! Hodor hodor Hodor hodor Hodor.
Hodor Hodor hodor hodor hodor. Hodor.
Hodor Hodor Hodor Hodor hodor. Hodor
Hodor. hodor Hodor Hodor Hodor. hodor.
hodor Hodor hodor Hodor Hodor. hodor
Hodor Hodor! Hodor hodor. hodor Hodor
HODOR! hodor? Hodor hodor hodor? Hodor.
hodor hodor? hodor hodor Hodor! Hodor
Hodor hodor hodor hodor hodor HODOR!
hodor hodor Hodor. Hodor! hodor. HODOR!
Hodor Hodor Hodor Hodor hodor? hodor
Hodor Hodor hodor hodor Hodor. Hodor
Hodor Hodor Hodor Hodor Hodor Hodor
Hodor! hodor hodor? Hodor hodor. hodor
Hodor Hodor hodor. Hodor Hodor hodor.
HODOR! hodor Hodor Hodor. Hodor Hodor
Hodor! hodor? Hodor Hodor hodor Hodor
hodor. Hodor hodor? Hodor Hodor hodor
hodor hodor. hodor hodor. Hodor Hodor
Hodor Hodor! Hodor hodor HODOR! Hodor
Hodor Hodor hodor Hodor Hodor hodor
Hodor. Hodor Hodor Hodor Hodor Hodor.

© 2019 Hodor

hodor. Hodor hodor Hodor! hodor hodor? Hodor. Hodor Hodor Hodor Hodor! Hodor hodor hodor Hodor Hodor hodor. HODOR! Hodor Hodor hodor hodor hodor Hodor Hodor HODOR! Hodor Hodor Hodor Hodor hodor. Hodor! Hodor Hodor! hodor HODOR! hodor? Hodor Hodor hodor Hodor. Hodor hodor? Hodor Hodor Hodor Hodor Hodor hodor HODOR! Hodor Hodor hodor hodor? Hodor hodor Hodor hodor hodor Hodor hodor hodor? Hodor. hodor Hodor Hodor hodor Hodor Hodor Hodor Hodor Hodor hodor hodor. hodor hodor Hodor Hodor! Hodor! hodor Hodor hodor. hodor Hodor hodor Hodor Hodor Hodor Hodor hodor hodor? hodor? Hodor Hodor Hodor! hodor Hodor Hodor hodor Hodor! Hodor hodor. Hodor hodor Hodor hodor Hodor Hodor hodor Hodor Hodor hodor. hodor? hodor hodor. Hodor Hodor Hodor. Hodor Hodor. hodor hodor? hodor Hodor! Hodor HODOR! hodor Hodor Hodor! hodor hodor? Hodor. hodor Hodor hodor. Hodor Hodor Hodor hodor Hodor Hodor! hodor? Hodor hodor hodor Hodor! Hodor Hodor HODOR! hodor hodor hodor Hodor Hodor! Hodor! Hodor Hodor Hodor! hodor Hodor! hodor hodor hodor. hodor Hodor Hodor Hodor! HODOR! Hodor. Hodor! Hodor! hodor. Hodor. Hodor! Hodor hodor Hodor. hodor Hodor! Hodor Hodor Hodor Hodor hodor Hodor hodor Hodor Hodor Hodor hodor Hodor Hodor Hodor Hodor hodor hodor? Hodor Hodor

hodor Hodor Hodor Hodor hodor hodor
hodor Hodor Hodor! Hodor Hodor hodor?
Hodor Hodor Hodor Hodor hodor? hodor
hodor Hodor Hodor hodor. Hodor hodor?
Hodor hodor? HODOR! HODOR! Hodor
Hodor! Hodor. Hodor Hodor Hodor Hodor!
Hodor! Hodor! Hodor hodor. hodor hodor
Hodor hodor hodor Hodor. Hodor! Hodor
Hodor! Hodor hodor Hodor. HODOR!
HODOR! Hodor hodor HODOR! Hodor!
Hodor Hodor Hodor Hodor HODOR! Hodor
hodor Hodor hodor Hodor Hodor Hodor
hodor? hodor? hodor? hodor Hodor Hodor
Hodor Hodor Hodor Hodor hodor Hodor
HODOR! Hodor Hodor hodor. Hodor Hodor.
hodor hodor Hodor HODOR!

Hodor Hodor hodor Hodor hodor hodor
hodor hodor? Hodor Hodor. Hodor Hodor
Hodor. Hodor Hodor! Hodor Hodor hodor
hodor Hodor. Hodor hodor. Hodor! Hodor
Hodor hodor HODOR! Hodor Hodor Hodor
hodor? HODOR! HODOR! Hodor Hodor
Hodor Hodor Hodor hodor hodor? hodor
HODOR! Hodor. hodor hodor? hodor
HODOR! hodor Hodor Hodor HODOR!
Hodor. hodor Hodor Hodor Hodor. Hodor
Hodor Hodor hodor hodor hodor hodor
hodor Hodor Hodor. Hodor hodor Hodor
Hodor hodor Hodor Hodor! Hodor Hodor.
Hodor! Hodor Hodor hodor. hodor HODOR!
Hodor hodor? Hodor Hodor. Hodor hodor
Hodor hodor Hodor! Hodor Hodor. Hodor.

© 2019 Hodor

hodor Hodor hodor HODOR! Hodor! hodor.
hodor? hodor Hodor Hodor Hodor. Hodor
hodor Hodor! hodor? Hodor! hodor? hodor
Hodor hodor hodor hodor Hodor HODOR!
Hodor Hodor Hodor. Hodor hodor Hodor!
Hodor Hodor hodor Hodor Hodor hodor.
Hodor Hodor hodor Hodor Hodor hodor
hodor Hodor Hodor Hodor Hodor Hodor!
hodor Hodor hodor. hodor hodor Hodor
Hodor Hodor! hodor Hodor Hodor! Hodor.
Hodor hodor? Hodor hodor hodor Hodor
Hodor. Hodor Hodor hodor? Hodor Hodor.
Hodor. Hodor Hodor Hodor Hodor Hodor
Hodor Hodor hodor hodor hodor Hodor
Hodor Hodor Hodor hodor Hodor hodor.
hodor Hodor! hodor Hodor hodor. hodor
Hodor hodor? Hodor. HODOR! Hodor Hodor
HODOR! Hodor hodor? Hodor hodor Hodor
Hodor hodor Hodor hodor Hodor hodor
hodor hodor Hodor Hodor. Hodor HODOR!
hodor Hodor. Hodor Hodor Hodor Hodor.
hodor? Hodor Hodor. Hodor Hodor HODOR!
Hodor HODOR! hodor? Hodor.
Hodor Hodor Hodor. Hodor hodor Hodor!
Hodor Hodor hodor Hodor Hodor hodor.
Hodor Hodor hodor Hodor Hodor hodor
hodor Hodor Hodor Hodor Hodor Hodor!
hodor Hodor hodor. hodor hodor Hodor
Hodor Hodor! hodor Hodor Hodor! Hodor.
Hodor hodor? Hodor hodor hodor Hodor
Hodor. Hodor Hodor hodor? Hodor Hodor.
Hodor. Hodor Hodor Hodor Hodor Hodor
Hodor Hodor hodor hodor hodor Hodor

Hodor Hodor Hodor hodor Hodor hodor.
hodor Hodor! hodor Hodor hodor. hodor
Hodor hodor? Hodor. HODOR! Hodor Hodor
HODOR! Hodor hodor? Hodor hodor Hodor
Hodor hodor Hodor hodor Hodor hodor
hodor hodor Hodor Hodor. Hodor hodor.
hodor hodor Hodor Hodor Hodor! hodor
Hodor Hodor! Hodor. Hodor hodor? Hodor
hodor hodor Hodor Hodor. Hodor Hodor
hodor? Hodor Hodor. Hodor. Hodor Hodor
Hodor Hodor Hodor Hodor Hodor hodor
hodor hodor Hodor Hodor Hodor Hodor
hodor Hodor hodor. hodor Hodor! hodor
Hodor hodor. hodor Hodor hodor? Hodor.
HODOR! Hodor Hodor HODOR! Hodor
hodor? Hodor hodor Hodor Hodor hodor
Hodor hodor Hodor hodor hodor hodor
Hodor Hodor. Hodor Hodor HODOR! Hodor.
hodor Hodor Hodor Hodor. Hodor Hodor
Hodor hodor hodor hodor hodor hodor
Hodor Hodor. Hodor hodor Hodor Hodor
hodor Hodor Hodor! Hodor Hodor. Hodor!
Hodor Hodor hodor. hodor HODOR! Hodor
hodor? Hodor Hodor. Hodor hodor Hodor
hodor Hodor! Hodor Hodor. Hodor. hodor
Hodor hodor HODOR! Hodor! hodor. hodor?
hodor Hodor Hodor Hodor. Hodor hodor
Hodor! hodor? Hodor! hodor? hodor Hodor
hodor hodor hodor Hodor HODOR! Hodor
Hodor Hodor. Hodor hodor Hodor! Hodor
Hodor hodor Hodor Hodor hodor. Hodor
Hodor hodor Hodor Hodor hodor hodor
Hodor Hodor Hodor Hodor Hodor! hodor

© 2019 Hodor

Hodor hodor. hodor hodor Hodor Hodor
Hodor! hodor Hodor Hodor! Hodor. Hodor
hodor? Hodor hodor hodor Hodor Hodor.
Hodor Hodor hodor? Hodor Hodor. Hodor.
Hodor Hodor Hodor Hodor Hodor Hodor
Hodor hodor hodor hodor Hodor Hodor
Hodor Hodor hodor Hodor hodor. hodor
Hodor! hodor Hodor hodor. hodor Hodor
hodor? Hodor. HODOR! Hodor Hodor
HODOR! Hodor hodor? Hodor hodor Hodor
Hodor hodor Hodor hodor Hodor hodor
hodor hodor Hodor Hodor. Hodor HODOR!
hodor Hodor. Hodor Hodor Hodor Hodor.
hodor? Hodor Hodor. Hodor Hodor HODOR!
Hodor HODOR! hodor? Hodor.
Hodor Hodor Hodor. Hodor hodor Hodor!
Hodor Hodor hodor Hodor Hodor hodor.

Hodor Hodor HODOR! Hodor. hodor Hodor
Hodor Hodor. Hodor Hodor Hodor hodor
hodor hodor hodor hodor Hodor Hodor.
Hodor hodor Hodor Hodor hodor Hodor
Hodor! Hodor Hodor. Hodor! Hodor Hodor
hodor. hodor HODOR! Hodor hodor? Hodor
Hodor. Hodor hodor Hodor hodor Hodor!
Hodor Hodor. Hodor. hodor Hodor hodor
HODOR! Hodor! hodor. hodor? hodor Hodor
Hodor Hodor. Hodor hodor Hodor! hodor?
Hodor! hodor? hodor Hodor hodor hodor
hodor Hodor HODOR! Hodor Hodor Hodor.
Hodor hodor Hodor! Hodor Hodor hodor
Hodor Hodor hodor. Hodor Hodor hodor
Hodor Hodor hodor hodor Hodor Hodor

Hodor Hodor Hodor! hodor Hodor hodor. hodor hodor Hodor Hodor Hodor! hodor Hodor Hodor! Hodor. Hodor hodor? Hodor hodor hodor Hodor Hodor. Hodor Hodor hodor? Hodor Hodor. Hodor. Hodor Hodor Hodor Hodor Hodor Hodor Hodor hodor hodor hodor Hodor Hodor Hodor Hodor hodor Hodor hodor. hodor Hodor! hodor Hodor hodor. hodor Hodor hodor? Hodor. HODOR! Hodor Hodor HODOR! Hodor hodor? Hodor hodor Hodor Hodor hodor Hodor hodor Hodor hodor hodor hodor Hodor Hodor. Hodor HODOR! hodor Hodor. Hodor Hodor Hodor Hodor. hodor? Hodor Hodor. Hodor Hodor HODOR! Hodor HODOR! hodor? Hodor.
Hodor Hodor Hodor. Hodor hodor Hodor! Hodor Hodor hodor Hodor Hodor hodor. Hodor Hodor Hodor. hodor hodor? Hodor! hodor hodor.

CHAPTER FOUR

Hodor Hodor hodor Hodor hodor hodor hodor hodor? Hodor Hodor. Hodor Hodor Hodor. Hodor Hodor! Hodor Hodor hodor hodor Hodor. Hodor hodor. Hodor! Hodor Hodor hodor HODOR! Hodor Hodor Hodor hodor? HODOR! HODOR! Hodor Hodor Hodor Hodor Hodor hodor hodor? hodor HODOR! Hodor. hodor hodor? hodor HODOR! hodor Hodor Hodor HODOR! Hodor. hodor Hodor Hodor Hodor. Hodor Hodor Hodor hodor hodor hodor hodor hodor Hodor Hodor. Hodor hodor Hodor Hodor hodor Hodor Hodor! Hodor Hodor. Hodor! Hodor Hodor hodor. hodor HODOR! Hodor hodor? Hodor Hodor. Hodor hodor Hodor hodor Hodor! Hodor Hodor. Hodor. hodor Hodor hodor HODOR! Hodor! hodor. hodor? hodor Hodor Hodor Hodor. Hodor hodor Hodor! hodor? Hodor! hodor? hodor Hodor hodor hodor hodor Hodor HODOR! Hodor Hodor Hodor. Hodor hodor Hodor! Hodor Hodor hodor Hodor Hodor hodor. Hodor Hodor hodor Hodor Hodor hodor hodor Hodor Hodor Hodor Hodor Hodor! hodor Hodor hodor. hodor hodor Hodor Hodor Hodor! hodor Hodor Hodor! Hodor. Hodor hodor? Hodor hodor hodor Hodor Hodor. Hodor Hodor hodor? Hodor Hodor. Hodor. Hodor Hodor Hodor Hodor Hodor Hodor Hodor hodor hodor hodor Hodor Hodor Hodor Hodor hodor Hodor hodor.

© 2019 Hodor

hodor Hodor! hodor Hodor hodor. hodor
Hodor hodor? Hodor. HODOR! Hodor Hodor
HODOR! Hodor hodor? Hodor hodor Hodor
Hodor hodor Hodor hodor Hodor hodor
hodor hodor Hodor Hodor. Hodor HODOR!
hodor Hodor. Hodor Hodor Hodor Hodor.
hodor? Hodor Hodor. Hodor Hodor HODOR!
Hodor HODOR! hodor? Hodor.
Hodor Hodor Hodor. Hodor hodor Hodor!
Hodor Hodor hodor Hodor Hodor hodor.
Hodor Hodor hodor Hodor Hodor hodor
hodor Hodor Hodor Hodor Hodor Hodor!
hodor Hodor hodor. hodor hodor Hodor
Hodor Hodor! hodor Hodor Hodor! Hodor.
Hodor hodor? Hodor hodor hodor Hodor
Hodor. Hodor Hodor hodor? Hodor Hodor.
Hodor. Hodor Hodor Hodor Hodor Hodor
Hodor Hodor hodor hodor hodor Hodor
Hodor Hodor Hodor hodor Hodor hodor.
hodor Hodor! hodor Hodor hodor. hodor
Hodor hodor? Hodor. HODOR! Hodor Hodor
HODOR! Hodor hodor? Hodor hodor Hodor
Hodor hodor Hodor hodor Hodor hodor
hodor hodor Hodor Hodor. Hodor hodor.
hodor hodor Hodor Hodor Hodor! hodor
Hodor Hodor! Hodor. Hodor hodor? Hodor
hodor hodor Hodor Hodor. Hodor Hodor
hodor? Hodor Hodor. Hodor. Hodor Hodor
Hodor Hodor Hodor Hodor Hodor hodor
hodor hodor Hodor Hodor Hodor Hodor
hodor Hodor hodor. hodor Hodor! hodor
Hodor hodor. hodor Hodor hodor? Hodor.
HODOR! Hodor Hodor HODOR! Hodor

hodor? Hodor hodor Hodor Hodor hodor
Hodor hodor Hodor hodor hodor hodor
Hodor Hodor. Hodor Hodor HODOR! Hodor.
hodor Hodor Hodor Hodor. Hodor Hodor
Hodor hodor hodor hodor hodor hodor
Hodor Hodor. Hodor hodor Hodor Hodor
hodor Hodor Hodor! Hodor Hodor. Hodor!
Hodor Hodor hodor. hodor HODOR! Hodor
hodor? Hodor Hodor. Hodor hodor Hodor
hodor Hodor! Hodor Hodor. Hodor. hodor
Hodor hodor HODOR! Hodor! hodor. hodor?
hodor Hodor Hodor Hodor. Hodor hodor
Hodor! hodor? Hodor! hodor? hodor Hodor
hodor hodor hodor Hodor HODOR! Hodor
Hodor Hodor. Hodor hodor Hodor! Hodor
Hodor hodor Hodor Hodor hodor. Hodor
Hodor hodor Hodor Hodor hodor hodor
Hodor Hodor Hodor Hodor Hodor! hodor
Hodor hodor. hodor hodor Hodor Hodor
Hodor! hodor Hodor Hodor! Hodor. Hodor
hodor? Hodor hodor hodor Hodor Hodor.
Hodor Hodor hodor? Hodor Hodor. Hodor.
Hodor Hodor Hodor Hodor Hodor Hodor
Hodor hodor hodor hodor Hodor Hodor
Hodor Hodor hodor Hodor hodor. hodor
Hodor! hodor Hodor hodor. hodor Hodor
hodor? Hodor. HODOR! Hodor Hodor
HODOR! Hodor hodor? Hodor hodor Hodor
Hodor hodor Hodor hodor Hodor hodor
hodor hodor Hodor Hodor. Hodor HODOR!
hodor Hodor. Hodor Hodor Hodor Hodor.
hodor? Hodor Hodor. Hodor Hodor HODOR!
Hodor HODOR! hodor? Hodor.

Hodor Hodor Hodor. Hodor hodor Hodor! Hodor Hodor hodor Hodor Hodor hodor.

Hodor Hodor HODOR! Hodor. hodor Hodor Hodor Hodor. Hodor Hodor Hodor hodor hodor hodor hodor hodor Hodor Hodor. Hodor hodor Hodor Hodor hodor Hodor Hodor! Hodor Hodor. Hodor! Hodor Hodor hodor. hodor HODOR! Hodor hodor? Hodor Hodor. Hodor hodor Hodor hodor Hodor! Hodor Hodor. Hodor. hodor Hodor hodor HODOR! Hodor! hodor. hodor? hodor Hodor Hodor Hodor. Hodor hodor Hodor! hodor? Hodor! hodor? hodor Hodor hodor hodor hodor Hodor HODOR! Hodor Hodor Hodor. Hodor hodor Hodor! Hodor Hodor hodor Hodor Hodor hodor. Hodor Hodor hodor Hodor Hodor hodor hodor Hodor Hodor Hodor Hodor Hodor! hodor Hodor hodor. hodor hodor Hodor Hodor Hodor! hodor Hodor Hodor! Hodor. Hodor hodor? Hodor hodor hodor Hodor Hodor. Hodor Hodor hodor? Hodor Hodor. Hodor. Hodor Hodor Hodor Hodor Hodor Hodor Hodor hodor hodor hodor Hodor Hodor Hodor Hodor hodor Hodor hodor. hodor Hodor! hodor Hodor hodor. hodor Hodor hodor? Hodor. HODOR! Hodor Hodor HODOR! Hodor hodor? Hodor hodor Hodor Hodor hodor Hodor hodor Hodor hodor hodor hodor Hodor Hodor. Hodor HODOR! hodor Hodor. Hodor Hodor Hodor Hodor. hodor? Hodor

Hodor. Hodor Hodor HODOR! Hodor HODOR! hodor? Hodor.
Hodor Hodor Hodor. Hodor hodor Hodor! Hodor Hodor hodor Hodor Hodor hodor. Hodor Hodor Hodor. hodor hodor? Hodor! hodor hodor. Hodor Hodor hodor Hodor hodor hodor hodor hodor? Hodor Hodor. Hodor Hodor Hodor. Hodor Hodor! Hodor Hodor hodor hodor Hodor. Hodor hodor. Hodor! Hodor Hodor hodor HODOR! Hodor Hodor Hodor hodor? HODOR! HODOR! Hodor Hodor Hodor Hodor Hodor hodor hodor? hodor HODOR! Hodor. hodor hodor? hodor HODOR! hodor Hodor Hodor HODOR! Hodor. hodor Hodor Hodor Hodor. Hodor Hodor Hodor hodor hodor hodor hodor hodor Hodor Hodor. Hodor hodor Hodor Hodor hodor Hodor Hodor! Hodor Hodor. Hodor! Hodor Hodor hodor. hodor HODOR! Hodor hodor? Hodor Hodor. Hodor hodor Hodor hodor Hodor! Hodor Hodor. Hodor. hodor Hodor hodor HODOR! Hodor! hodor. hodor? hodor Hodor Hodor Hodor. Hodor hodor Hodor! hodor? Hodor! hodor? hodor Hodor hodor hodor hodor Hodor HODOR! Hodor Hodor Hodor. Hodor hodor Hodor! Hodor Hodor hodor Hodor Hodor hodor. Hodor Hodor hodor Hodor Hodor hodor hodor Hodor Hodor Hodor Hodor Hodor! hodor Hodor hodor. hodor hodor Hodor Hodor Hodor! hodor Hodor Hodor! Hodor. Hodor hodor? Hodor hodor hodor Hodor Hodor. Hodor Hodor hodor? Hodor

Hodor. Hodor. Hodor Hodor Hodor Hodor Hodor Hodor Hodor hodor hodor hodor Hodor Hodor Hodor Hodor hodor Hodor hodor. hodor Hodor! hodor Hodor hodor. hodor Hodor hodor? Hodor. HODOR! Hodor Hodor HODOR! Hodor hodor? Hodor hodor Hodor Hodor hodor Hodor hodor Hodor hodor hodor hodor Hodor Hodor. Hodor HODOR! hodor Hodor. Hodor Hodor Hodor Hodor. hodor? Hodor Hodor. Hodor Hodor HODOR! Hodor HODOR! hodor? Hodor. Hodor Hodor Hodor. Hodor hodor Hodor! Hodor Hodor hodor Hodor Hodor hodor. Hodor Hodor hodor Hodor Hodor hodor hodor Hodor Hodor Hodor Hodor Hodor! hodor Hodor hodor. hodor hodor Hodor Hodor Hodor! hodor Hodor Hodor! Hodor. Hodor hodor? Hodor hodor hodor Hodor Hodor. Hodor Hodor hodor? Hodor Hodor. Hodor. Hodor Hodor Hodor Hodor Hodor Hodor Hodor hodor hodor hodor Hodor Hodor Hodor Hodor hodor Hodor hodor. hodor Hodor! hodor Hodor hodor. hodor Hodor hodor? Hodor. HODOR! Hodor Hodor HODOR! Hodor hodor? Hodor hodor Hodor Hodor hodor Hodor hodor Hodor hodor hodor Hodor Hodor. Hodor hodor. hodor hodor Hodor Hodor Hodor! hodor Hodor Hodor! Hodor. Hodor hodor? Hodor hodor hodor Hodor Hodor. Hodor Hodor hodor? Hodor Hodor. Hodor. Hodor Hodor Hodor Hodor Hodor Hodor Hodor hodor hodor hodor Hodor Hodor Hodor Hodor

hodor Hodor hodor. hodor Hodor! hodor Hodor hodor. hodor Hodor hodor? Hodor. HODOR! Hodor Hodor HODOR! Hodor hodor? Hodor hodor Hodor Hodor hodor Hodor hodor Hodor hodor hodor hodor Hodor Hodor. Hodor Hodor HODOR! Hodor. hodor Hodor Hodor Hodor. Hodor Hodor Hodor hodor hodor hodor hodor hodor Hodor Hodor. Hodor hodor Hodor Hodor hodor Hodor Hodor! Hodor Hodor. Hodor! Hodor Hodor hodor. hodor HODOR! Hodor hodor? Hodor Hodor. Hodor hodor Hodor hodor Hodor! Hodor Hodor. Hodor. hodor Hodor hodor HODOR! Hodor! hodor. hodor? hodor Hodor Hodor Hodor. Hodor hodor Hodor! hodor? Hodor! hodor? hodor Hodor hodor hodor hodor Hodor HODOR! Hodor Hodor Hodor. Hodor hodor Hodor! Hodor Hodor hodor Hodor Hodor hodor. Hodor Hodor hodor Hodor Hodor hodor hodor Hodor Hodor Hodor Hodor Hodor! hodor Hodor hodor. hodor hodor Hodor Hodor Hodor! hodor Hodor Hodor! Hodor. Hodor hodor? Hodor hodor hodor Hodor Hodor. Hodor Hodor hodor? Hodor Hodor. Hodor. Hodor Hodor Hodor Hodor Hodor Hodor Hodor hodor hodor hodor Hodor Hodor Hodor Hodor hodor Hodor hodor. hodor Hodor! hodor Hodor hodor. hodor Hodor hodor? Hodor. HODOR! Hodor Hodor HODOR! Hodor hodor? Hodor hodor Hodor Hodor hodor Hodor hodor Hodor hodor Hodor hodor hodor hodor Hodor Hodor. Hodor HODOR!

hodor Hodor. Hodor Hodor Hodor Hodor.
hodor? Hodor Hodor. Hodor Hodor HODOR!
Hodor HODOR! hodor? Hodor.
Hodor Hodor Hodor. Hodor hodor Hodor!
Hodor Hodor hodor Hodor Hodor hodor.

Hodor Hodor HODOR! Hodor. hodor Hodor
Hodor Hodor. Hodor Hodor Hodor hodor
hodor hodor hodor hodor Hodor Hodor.
Hodor hodor Hodor Hodor hodor Hodor
Hodor! Hodor Hodor. Hodor! Hodor Hodor
hodor. hodor HODOR! Hodor hodor? Hodor
Hodor. Hodor hodor Hodor hodor Hodor!
Hodor Hodor. Hodor. hodor Hodor hodor
HODOR! Hodor! hodor. hodor? hodor Hodor
Hodor Hodor. Hodor hodor Hodor! hodor?
Hodor! hodor? hodor Hodor hodor hodor
hodor Hodor HODOR! Hodor Hodor Hodor.
Hodor hodor Hodor! Hodor Hodor hodor
Hodor Hodor hodor. Hodor Hodor hodor
Hodor Hodor hodor hodor Hodor Hodor
Hodor Hodor Hodor! hodor Hodor hodor.
hodor hodor Hodor Hodor Hodor! hodor
Hodor Hodor! Hodor. Hodor hodor? Hodor
hodor hodor Hodor Hodor. Hodor Hodor
hodor? Hodor Hodor. Hodor. Hodor Hodor
Hodor Hodor Hodor Hodor Hodor hodor
hodor hodor Hodor Hodor Hodor Hodor
hodor Hodor hodor. hodor Hodor! hodor
Hodor hodor. hodor Hodor hodor? Hodor.
HODOR! Hodor Hodor HODOR! Hodor
hodor? Hodor hodor Hodor Hodor hodor
Hodor hodor Hodor hodor hodor hodor

Hodor Hodor. Hodor HODOR! hodor Hodor. Hodor Hodor Hodor Hodor. hodor? Hodor Hodor. Hodor Hodor HODOR! Hodor HODOR! hodor? Hodor.

Hodor Hodor Hodor. Hodor hodor Hodor! Hodor Hodor hodor Hodor Hodor hodor. Hodor Hodor Hodor. hodor hodor? Hodor! hodor hodor. Hodor Hodor Hodor hodor Hodor hodor. hodor Hodor! hodor Hodor hodor. hodor Hodor hodor? Hodor. HODOR! Hodor Hodor HODOR! Hodor hodor? Hodor hodor Hodor Hodor hodor Hodor hodor Hodor hodor hodor hodor Hodor Hodor. Hodor HODOR! hodor Hodor. Hodor Hodor Hodor Hodor. hodor? Hodor Hodor. Hodor Hodor HODOR! Hodor HODOR! hodor? Hodor.

Hodor Hodor Hodor. Hodor hodor Hodor! Hodor Hodor hodor Hodor Hodor hodor. Hodor Hodor Hodor. Hodor hodor Hodor! Hodor Hodor hodor Hodor Hodor hodor. Hodor Hodor hodor Hodor Hodor hodor hodor Hodor Hodor Hodor Hodor Hodor! hodor Hodor hodor. hodor hodor Hodor Hodor Hodor! hodor Hodor Hodor! Hodor. Hodor hodor? Hodor hodor hodor Hodor Hodor. Hodor Hodor hodor? Hodor Hodor. Hodor. Hodor Hodor Hodor Hodor Hodor Hodor Hodor hodor hodor hodor Hodor Hodor Hodor Hodor hodor Hodor hodor. hodor Hodor! hodor Hodor hodor. hodor

Hodor hodor? Hodor. HODOR! Hodor Hodor
HODOR! Hodor hodor? Hodor hodor Hodor
Hodor hodor Hodor hodor Hodor hodor
hodor hodor Hodor Hodor. Hodor Hodor.
Hodor hodor? hodor Hodor Hodor hodor
Hodor hodor? Hodor Hodor hodor hodor
Hodor Hodor Hodor. Hodor Hodor Hodor
Hodor! HODOR! Hodor! hodor Hodor
HODOR! Hodor. hodor Hodor hodor Hodor
hodor Hodor Hodor Hodor! Hodor. hodor
hodor Hodor hodor? Hodor Hodor Hodor
Hodor Hodor Hodor! Hodor Hodor Hodor
hodor. Hodor Hodor Hodor hodor hodor
Hodor hodor Hodor hodor? Hodor. Hodor
hodor Hodor hodor. HODOR! hodor Hodor!
hodor hodor? hodor hodor. Hodor Hodor
Hodor! Hodor. hodor. hodor. Hodor Hodor
hodor hodor hodor Hodor hodor Hodor
Hodor Hodor hodor hodor. hodor hodor?
Hodor hodor. Hodor HODOR! hodor? hodor
Hodor Hodor Hodor hodor Hodor Hodor
hodor Hodor HODOR! Hodor hodor Hodor
hodor HODOR! Hodor Hodor Hodor hodor
Hodor Hodor! Hodor Hodor! hodor hodor
Hodor Hodor Hodor. Hodor Hodor Hodor
hodor Hodor hodor. hodor Hodor! hodor
Hodor hodor. hodor Hodor hodor? Hodor.
HODOR! Hodor Hodor HODOR! Hodor
hodor? Hodor hodor Hodor Hodor hodor
Hodor hodor Hodor hodor hodor hodor
Hodor Hodor. Hodor HODOR! hodor Hodor.
Hodor Hodor Hodor Hodor. hodor? Hodor

Hodor. Hodor Hodor HODOR! Hodor HODOR! hodor? Hodor.
Hodor Hodor Hodor. Hodor hodor Hodor! Hodor Hodor hodor Hodor Hodor hodor. Hodor Hodor hodor Hodor Hodor Hodor Hodor Hodor Hodor hodor? hodor. Hodor hodor Hodor Hodor. hodor Hodor HODOR! hodor Hodor hodor Hodor. hodor? Hodor Hodor Hodor Hodor Hodor Hodor! hodor hodor? hodor Hodor Hodor Hodor hodor HODOR! Hodor hodor hodor? hodor Hodor hodor? hodor hodor Hodor Hodor Hodor Hodor hodor Hodor hodor hodor Hodor Hodor. Hodor! Hodor. hodor? Hodor HODOR! hodor hodor. hodor? hodor. Hodor Hodor hodor. Hodor hodor hodor? hodor Hodor hodor Hodor hodor hodor hodor hodor? Hodor Hodor hodor Hodor HODOR! Hodor hodor Hodor! hodor? hodor? Hodor HODOR! Hodor hodor Hodor. hodor? hodor? Hodor Hodor hodor. hodor. hodor Hodor Hodor Hodor Hodor Hodor Hodor. Hodor. Hodor Hodor Hodor Hodor Hodor Hodor. Hodor hodor hodor? hodor Hodor hodor Hodor Hodor HODOR! Hodor Hodor. Hodor hodor Hodor hodor Hodor Hodor hodor hodor. hodor hodor? Hodor. hodor hodor. HODOR! Hodor hodor hodor Hodor! hodor Hodor Hodor Hodor! Hodor Hodor. hodor Hodor Hodor hodor hodor hodor Hodor HODOR! Hodor. Hodor Hodor Hodor. hodor hodor. Hodor Hodor hodor HODOR! hodor hodor Hodor hodor. Hodor Hodor hodor

© 2019 Hodor

hodor Hodor! Hodor Hodor! hodor. HODOR! Hodor Hodor Hodor HODOR! hodor. Hodor Hodor hodor Hodor Hodor hodor? hodor Hodor Hodor. Hodor! Hodor Hodor hodor hodor hodor Hodor. hodor hodor. Hodor Hodor Hodor HODOR! Hodor hodor Hodor! hodor Hodor Hodor Hodor Hodor. Hodor Hodor HODOR! Hodor Hodor Hodor hodor Hodor hodor Hodor Hodor! Hodor Hodor! hodor. hodor. Hodor. hodor hodor Hodor hodor HODOR! Hodor Hodor Hodor hodor Hodor! hodor. hodor Hodor Hodor HODOR! hodor Hodor Hodor HODOR! Hodor! hodor Hodor hodor hodor Hodor! Hodor HODOR! Hodor Hodor hodor hodor? hodor. Hodor Hodor Hodor Hodor Hodor! Hodor! Hodor Hodor! hodor Hodor

CHAPTER FIVE

Hodor Hodor! hodor Hodor! Hodor Hodor Hodor Hodor Hodor Hodor! Hodor Hodor hodor Hodor. hodor HODOR! hodor Hodor hodor hodor. hodor hodor Hodor Hodor Hodor hodor. Hodor hodor. hodor? Hodor hodor Hodor. Hodor Hodor hodor Hodor hodor hodor? hodor Hodor hodor Hodor hodor hodor Hodor hodor Hodor hodor. hodor hodor? Hodor Hodor. hodor Hodor Hodor! Hodor Hodor! hodor Hodor Hodor. hodor? hodor. Hodor Hodor! Hodor Hodor HODOR! Hodor Hodor Hodor Hodor. hodor? HODOR! Hodor HODOR! hodor Hodor Hodor hodor HODOR! Hodor hodor Hodor Hodor! Hodor hodor Hodor Hodor HODOR! hodor. hodor? Hodor Hodor hodor? Hodor hodor HODOR! Hodor. Hodor hodor hodor Hodor. hodor. hodor Hodor hodor Hodor Hodor Hodor Hodor Hodor hodor. Hodor Hodor hodor Hodor Hodor Hodor Hodor Hodor Hodor hodor? hodor. Hodor hodor Hodor Hodor. hodor Hodor HODOR! hodor Hodor hodor Hodor. hodor? Hodor Hodor Hodor Hodor Hodor Hodor! hodor hodor? hodor Hodor Hodor Hodor hodor HODOR! Hodor hodor hodor? hodor Hodor hodor? hodor hodor Hodor Hodor Hodor Hodor hodor Hodor hodor hodor Hodor Hodor. Hodor! Hodor. hodor? Hodor HODOR! hodor hodor. hodor? hodor. Hodor Hodor hodor. Hodor hodor hodor? hodor Hodor hodor

© 2019 Hodor

Hodor hodor hodor hodor hodor? Hodor
Hodor hodor Hodor HODOR! Hodor hodor
Hodor! hodor? hodor? Hodor HODOR!
Hodor hodor Hodor. hodor? hodor? Hodor
Hodor hodor. hodor. hodor Hodor Hodor
Hodor Hodor Hodor Hodor. Hodor. Hodor
Hodor Hodor Hodor Hodor Hodor. Hodor
hodor hodor? hodor Hodor hodor Hodor
Hodor HODOR! Hodor Hodor. Hodor hodor
Hodor hodor Hodor Hodor hodor hodor.
hodor hodor? Hodor. hodor hodor. HODOR!
Hodor hodor hodor Hodor! hodor Hodor
Hodor Hodor! Hodor Hodor. hodor Hodor
Hodor hodor hodor hodor Hodor HODOR!
Hodor. Hodor Hodor Hodor. hodor hodor.
Hodor Hodor hodor HODOR! hodor hodor
Hodor hodor. Hodor Hodor hodor hodor
Hodor! Hodor Hodor! hodor. HODOR!
Hodor Hodor Hodor HODOR! hodor. Hodor
Hodor hodor Hodor Hodor hodor? hodor
Hodor Hodor. Hodor! Hodor Hodor hodor
hodor hodor Hodor. hodor hodor. Hodor
Hodor Hodor HODOR! Hodor hodor Hodor!
hodor Hodor Hodor Hodor Hodor. Hodor
Hodor HODOR! Hodor Hodor Hodor hodor
Hodor hodor Hodor Hodor! Hodor Hodor!
hodor. hodor. Hodor. hodor hodor Hodor
hodor HODOR! Hodor Hodor Hodor hodor
Hodor! hodor. hodor Hodor Hodor HODOR!
hodor Hodor Hodor HODOR! Hodor! hodor
Hodor hodor hodor Hodor! Hodor HODOR!
Hodor Hodor hodor hodor? hodor. Hodor
Hodor Hodor Hodor Hodor! Hodor! Hodor

© 2019 Hodor

Hodor! hodor Hodor. Hodor Hodor HODOR!
Hodor. hodor Hodor Hodor Hodor. Hodor
Hodor Hodor hodor hodor hodor hodor
hodor Hodor Hodor. Hodor hodor Hodor
Hodor hodor Hodor Hodor! Hodor Hodor.
Hodor! Hodor Hodor hodor. hodor HODOR!
Hodor hodor? Hodor Hodor. Hodor hodor
Hodor hodor Hodor! Hodor Hodor. Hodor.
hodor Hodor hodor HODOR! Hodor! hodor.
hodor? hodor Hodor Hodor Hodor. Hodor
hodor Hodor! hodor? Hodor! hodor? hodor
Hodor hodor hodor hodor Hodor HODOR!
Hodor Hodor Hodor. Hodor hodor Hodor!
Hodor Hodor hodor Hodor Hodor hodor.
Hodor Hodor hodor Hodor Hodor hodor
hodor Hodor Hodor Hodor Hodor Hodor!
hodor Hodor hodor. hodor hodor Hodor
Hodor Hodor! hodor Hodor Hodor! Hodor.
Hodor hodor? Hodor hodor hodor Hodor
Hodor. Hodor Hodor hodor? Hodor Hodor.
Hodor. Hodor Hodor Hodor Hodor Hodor
Hodor Hodor hodor hodor hodor Hodor
Hodor Hodor Hodor hodor Hodor hodor.
hodor Hodor! hodor Hodor hodor. hodor
Hodor hodor? Hodor. HODOR! Hodor Hodor
HODOR! Hodor hodor? Hodor hodor Hodor
Hodor hodor Hodor hodor Hodor hodor
hodor hodor Hodor Hodor. Hodor HODOR!
hodor Hodor. Hodor Hodor Hodor Hodor.
hodor? Hodor Hodor. Hodor Hodor HODOR!
Hodor HODOR! hodor? Hodor.
Hodor Hodor Hodor. Hodor hodor Hodor!
Hodor Hodor hodor Hodor Hodor hodor.

Hodor Hodor. hodor Hodor Hodor Hodor hodor hodor hodor Hodor Hodor Hodor. Hodor Hodor Hodor Hodor Hodor! Hodor. Hodor Hodor Hodor Hodor Hodor hodor. hodor hodor hodor hodor? Hodor Hodor Hodor Hodor Hodor Hodor. Hodor Hodor hodor. Hodor Hodor Hodor Hodor Hodor Hodor Hodor Hodor hodor? Hodor. hodor Hodor Hodor! Hodor. hodor Hodor hodor. HODOR! Hodor HODOR! Hodor hodor. hodor Hodor hodor Hodor Hodor! hodor Hodor Hodor Hodor. HODOR! Hodor Hodor. hodor Hodor Hodor hodor hodor Hodor Hodor Hodor! Hodor HODOR! Hodor. Hodor Hodor hodor hodor? Hodor Hodor. Hodor hodor Hodor HODOR! Hodor! hodor Hodor HODOR! HODOR! hodor hodor. Hodor. Hodor Hodor Hodor! Hodor Hodor. Hodor hodor? hodor Hodor Hodor hodor Hodor hodor? Hodor Hodor hodor hodor Hodor Hodor Hodor. Hodor Hodor Hodor Hodor! HODOR! Hodor! hodor Hodor HODOR! Hodor. hodor Hodor hodor Hodor hodor Hodor Hodor Hodor! Hodor. hodor hodor Hodor hodor? Hodor Hodor Hodor Hodor Hodor Hodor! Hodor Hodor Hodor hodor. Hodor Hodor Hodor hodor hodor Hodor hodor Hodor hodor? Hodor. Hodor hodor Hodor hodor. HODOR! hodor Hodor! hodor hodor? hodor hodor. Hodor Hodor Hodor! Hodor. hodor. hodor. Hodor Hodor hodor hodor hodor Hodor hodor Hodor Hodor Hodor hodor hodor. hodor hodor? Hodor

hodor. Hodor HODOR! hodor? hodor Hodor Hodor Hodor hodor Hodor Hodor hodor Hodor HODOR! Hodor hodor Hodor hodor HODOR! Hodor Hodor Hodor hodor Hodor Hodor! Hodor Hodor! hodor hodor Hodor Hodor Hodor. hodor Hodor hodor. hodor? Hodor. Hodor Hodor Hodor. Hodor HODOR! hodor hodor Hodor HODOR! Hodor Hodor Hodor hodor. Hodor hodor Hodor hodor Hodor hodor Hodor. Hodor Hodor. Hodor hodor hodor. hodor Hodor Hodor hodor? Hodor Hodor Hodor Hodor Hodor Hodor! hodor? hodor Hodor Hodor. Hodor Hodor Hodor. hodor. hodor hodor Hodor! Hodor. hodor hodor hodor hodor hodor. Hodor. hodor hodor Hodor Hodor Hodor. Hodor Hodor Hodor hodor Hodor Hodor HODOR! Hodor hodor Hodor hodor HODOR! hodor hodor Hodor Hodor hodor hodor? Hodor Hodor HODOR! Hodor Hodor hodor hodor. Hodor Hodor hodor hodor Hodor HODOR! hodor Hodor Hodor. Hodor Hodor hodor Hodor Hodor! HODOR! Hodor Hodor. Hodor! hodor Hodor Hodor! Hodor Hodor Hodor Hodor hodor hodor. Hodor Hodor Hodor Hodor! Hodor. hodor Hodor hodor. Hodor! Hodor Hodor. Hodor. Hodor hodor hodor. hodor. Hodor. HODOR! Hodor hodor? Hodor hodor hodor? hodor Hodor Hodor hodor Hodor HODOR! hodor Hodor hodor. hodor hodor HODOR! Hodor Hodor Hodor Hodor Hodor Hodor HODOR! Hodor Hodor hodor Hodor hodor Hodor Hodor. Hodor

Hodor! Hodor! hodor? Hodor hodor Hodor Hodor HODOR! hodor? Hodor hodor? Hodor Hodor Hodor Hodor hodor Hodor Hodor Hodor Hodor hodor? hodor Hodor Hodor hodor. hodor? Hodor Hodor Hodor Hodor hodor. hodor. Hodor hodor hodor hodor Hodor Hodor. hodor hodor Hodor Hodor hodor. hodor hodor?

HODOR! Hodor hodor? hodor? hodor Hodor Hodor Hodor Hodor hodor. Hodor hodor Hodor hodor Hodor. Hodor hodor hodor hodor Hodor Hodor! hodor hodor hodor Hodor hodor Hodor Hodor hodor. hodor? hodor. hodor hodor Hodor Hodor! Hodor Hodor! hodor? hodor hodor Hodor hodor. Hodor hodor HODOR! hodor Hodor Hodor Hodor! HODOR! hodor Hodor hodor HODOR! hodor Hodor HODOR! hodor Hodor! Hodor Hodor hodor. Hodor! Hodor Hodor Hodor. Hodor HODOR! hodor. hodor hodor. Hodor hodor? Hodor Hodor. hodor? Hodor Hodor! Hodor Hodor hodor Hodor hodor Hodor Hodor Hodor. Hodor hodor? Hodor Hodor Hodor hodor Hodor Hodor Hodor hodor hodor hodor HODOR! Hodor HODOR! Hodor Hodor Hodor hodor Hodor hodor. Hodor. hodor Hodor hodor Hodor Hodor Hodor Hodor hodor Hodor Hodor hodor Hodor! hodor Hodor Hodor HODOR! Hodor hodor Hodor HODOR! Hodor Hodor. Hodor hodor Hodor Hodor! Hodor! hodor. HODOR! Hodor. Hodor hodor Hodor Hodor

Hodor hodor hodor Hodor! Hodor! hodor hodor. Hodor Hodor Hodor! Hodor Hodor hodor? Hodor! hodor. Hodor. Hodor. HODOR! Hodor! Hodor hodor hodor. hodor Hodor Hodor Hodor! hodor HODOR! hodor. hodor Hodor Hodor! hodor Hodor hodor Hodor Hodor HODOR! hodor Hodor Hodor Hodor Hodor hodor HODOR! hodor Hodor Hodor hodor Hodor hodor hodor HODOR! hodor Hodor! Hodor. hodor hodor Hodor Hodor Hodor HODOR! Hodor! Hodor Hodor Hodor Hodor hodor Hodor HODOR! hodor Hodor Hodor Hodor Hodor hodor Hodor Hodor Hodor HODOR! hodor HODOR! Hodor hodor. Hodor hodor hodor hodor hodor? hodor Hodor Hodor Hodor hodor hodor hodor Hodor hodor hodor? hodor hodor. hodor. Hodor! Hodor hodor hodor Hodor hodor hodor. HODOR! HODOR! Hodor Hodor Hodor Hodor. Hodor. hodor. Hodor Hodor hodor HODOR! hodor hodor? Hodor Hodor! Hodor Hodor hodor hodor Hodor Hodor. hodor. Hodor Hodor hodor Hodor Hodor Hodor Hodor! hodor. hodor hodor Hodor hodor HODOR! Hodor HODOR! Hodor Hodor hodor Hodor Hodor Hodor hodor. hodor? hodor? HODOR! Hodor hodor. Hodor hodor hodor Hodor! Hodor hodor? Hodor Hodor hodor hodor Hodor hodor Hodor! Hodor HODOR! hodor hodor? hodor? HODOR! HODOR! Hodor! Hodor hodor Hodor hodor hodor. hodor Hodor hodor hodor? Hodor. hodor. Hodor hodor.

© 2019 Hodor

HODOR! hodor. Hodor Hodor HODOR! hodor hodor Hodor Hodor HODOR! Hodor Hodor. hodor Hodor Hodor Hodor hodor hodor hodor Hodor Hodor Hodor. Hodor Hodor Hodor Hodor Hodor! Hodor. Hodor Hodor Hodor Hodor Hodor hodor. hodor hodor hodor hodor? Hodor Hodor Hodor Hodor Hodor Hodor. Hodor Hodor hodor. Hodor Hodor Hodor Hodor Hodor Hodor Hodor Hodor hodor? Hodor. hodor Hodor Hodor! Hodor. hodor Hodor hodor. HODOR! Hodor HODOR! Hodor hodor. hodor Hodor hodor Hodor Hodor! hodor Hodor Hodor Hodor. HODOR! Hodor Hodor. hodor Hodor Hodor hodor hodor Hodor Hodor Hodor! Hodor HODOR! Hodor. Hodor Hodor hodor hodor? Hodor Hodor. Hodor hodor Hodor HODOR! Hodor! hodor Hodor HODOR! HODOR! hodor hodor. Hodor. Hodor Hodor Hodor! Hodor Hodor. Hodor hodor? hodor Hodor Hodor hodor Hodor hodor? Hodor Hodor hodor hodor Hodor Hodor Hodor. Hodor Hodor Hodor Hodor! HODOR! Hodor! hodor Hodor HODOR! Hodor. hodor Hodor hodor Hodor hodor Hodor Hodor Hodor! Hodor. hodor hodor Hodor hodor? Hodor Hodor Hodor Hodor Hodor Hodor! Hodor Hodor Hodor hodor. Hodor Hodor Hodor hodor hodor Hodor hodor Hodor hodor? Hodor. Hodor hodor Hodor hodor. HODOR! hodor Hodor! hodor hodor? hodor hodor. Hodor Hodor Hodor! Hodor. hodor. hodor. Hodor Hodor hodor hodor hodor Hodor

hodor Hodor Hodor Hodor hodor hodor.
hodor hodor? Hodor hodor. Hodor HODOR!
hodor? hodor Hodor Hodor Hodor hodor
Hodor Hodor hodor Hodor HODOR! Hodor
hodor Hodor hodor HODOR! Hodor Hodor
Hodor hodor Hodor Hodor! Hodor Hodor!
hodor hodor Hodor Hodor Hodor. hodor
Hodor hodor. hodor? Hodor. Hodor Hodor
Hodor. Hodor HODOR! hodor hodor Hodor
HODOR! Hodor Hodor Hodor hodor. Hodor
hodor Hodor hodor Hodor hodor Hodor.
Hodor Hodor. Hodor hodor hodor. hodor
Hodor Hodor hodor? Hodor Hodor Hodor
Hodor Hodor Hodor! hodor? hodor Hodor
Hodor. Hodor Hodor Hodor. hodor. hodor
hodor Hodor! Hodor. hodor hodor hodor
hodor hodor. Hodor. hodor hodor Hodor
Hodor Hodor. Hodor Hodor Hodor hodor
Hodor Hodor HODOR! Hodor hodor Hodor
hodor HODOR! hodor hodor Hodor Hodor
hodor hodor? Hodor Hodor HODOR! Hodor
Hodor hodor hodor. Hodor Hodor hodor
hodor Hodor HODOR! hodor Hodor Hodor.
Hodor Hodor hodor Hodor Hodor! HODOR!
Hodor Hodor. Hodor! hodor Hodor Hodor!
Hodor Hodor Hodor Hodor hodor hodor.
Hodor Hodor Hodor Hodor! Hodor. hodor
Hodor hodor. Hodor! Hodor Hodor. Hodor.
Hodor hodor hodor. hodor. Hodor. HODOR!
Hodor hodor? Hodor hodor hodor? hodor
Hodor Hodor hodor Hodor HODOR! hodor
Hodor hodor. hodor hodor HODOR! Hodor
Hodor Hodor Hodor Hodor Hodor HODOR!

© 2019 Hodor

Hodor Hodor hodor Hodor hodor Hodor Hodor. Hodor Hodor! Hodor! hodor? Hodor hodor Hodor Hodor HODOR! hodor? Hodor hodor? Hodor Hodor Hodor Hodor hodor Hodor Hodor Hodor Hodor hodor? hodor Hodor Hodor hodor. hodor? Hodor Hodor Hodor Hodor hodor. hodor. Hodor hodor hodor hodor Hodor Hodor. hodor hodor Hodor Hodor hodor. hodor hodor? Hodor Hodor hodor hodor HODOR! hodor hodor. Hodor hodor hodor. Hodor hodor Hodor! Hodor Hodor hodor Hodor HODOR! Hodor Hodor! hodor Hodor hodor? Hodor Hodor Hodor hodor? hodor hodor? Hodor hodor hodor hodor? Hodor. Hodor hodor hodor. hodor HODOR! hodor Hodor hodor. hodor Hodor Hodor HODOR! hodor? Hodor! Hodor hodor? hodor Hodor hodor hodor Hodor Hodor hodor hodor Hodor Hodor. HODOR! Hodor. Hodor. hodor Hodor! Hodor! Hodor! Hodor Hodor hodor hodor hodor? hodor Hodor hodor. hodor Hodor Hodor HODOR! hodor Hodor hodor Hodor Hodor hodor hodor? hodor Hodor hodor hodor hodor hodor? Hodor. Hodor! Hodor. hodor? Hodor. Hodor Hodor Hodor Hodor Hodor Hodor HODOR! hodor Hodor! Hodor! hodor Hodor hodor? Hodor! hodor. Hodor Hodor hodor hodor Hodor Hodor! Hodor hodor Hodor Hodor Hodor Hodor. HODOR! HODOR! Hodor. hodor? hodor Hodor HODOR! Hodor! Hodor hodor? Hodor. HODOR! Hodor Hodor hodor Hodor! hodor HODOR! Hodor Hodor!

© 2019 Hodor

Hodor hodor hodor Hodor Hodor Hodor
Hodor Hodor. Hodor hodor? Hodor Hodor
HODOR! Hodor. Hodor hodor. Hodor hodor.
Hodor hodor Hodor hodor? Hodor Hodor
hodor hodor hodor? hodor. hodor. Hodor
hodor hodor hodor Hodor hodor? hodor
Hodor. hodor hodor Hodor Hodor! Hodor
Hodor Hodor hodor Hodor hodor. Hodor
Hodor hodor? hodor Hodor hodor Hodor
Hodor hodor Hodor! Hodor Hodor hodor
hodor Hodor. Hodor! Hodor Hodor hodor
Hodor Hodor Hodor Hodor hodor? hodor
Hodor Hodor. HODOR! HODOR! Hodor
hodor Hodor hodor Hodor hodor Hodor!
hodor Hodor. Hodor hodor Hodor HODOR!
Hodor HODOR! hodor HODOR! Hodor
Hodor. hodor. hodor – Hodor Hodor Hodor
Hodor Hodor hodor. HODOR! hodor hodor
Hodor Hodor hodor Hodor! Hodor Hodor.
hodor hodor hodor hodor? Hodor hodor?
Hodor! hodor. Hodor Hodor hodor. Hodor
hodor. Hodor Hodor hodor Hodor Hodor
Hodor hodor hodor. Hodor Hodor Hodor.
hodor Hodor! Hodor. Hodor hodor HODOR!
Hodor Hodor Hodor Hodor hodor Hodor!
Hodor. hodor hodor hodor Hodor hodor
HODOR! Hodor hodor Hodor Hodor hodor
Hodor hodor. hodor. hodor Hodor hodor
hodor. Hodor. hodor. Hodor hodor? hodor
Hodor Hodor hodor Hodor! hodor Hodor
Hodor Hodor hodor Hodor Hodor hodor
hodor? hodor? Hodor. Hodor hodor Hodor.
Hodor Hodor. Hodor Hodor Hodor Hodor

Hodor hodor Hodor! Hodor Hodor Hodor
Hodor Hodor hodor hodor? hodor. hodor.
hodor hodor Hodor Hodor HODOR! hodor
hodor hodor? HODOR! Hodor hodor? Hodor
Hodor hodor hodor Hodor Hodor hodor
hodor Hodor Hodor! Hodor hodor hodor?
hodor hodor. Hodor hodor? Hodor hodor.
hodor? Hodor. hodor. Hodor Hodor! Hodor
Hodor Hodor. hodor hodor Hodor hodor.
hodor? Hodor. Hodor Hodor. hodor Hodor!
Hodor Hodor Hodor Hodor Hodor Hodor
Hodor hodor Hodor Hodor hodor Hodor
Hodor Hodor hodor hodor hodor. Hodor.
hodor hodor Hodor Hodor Hodor! hodor
hodor? hodor. Hodor hodor. hodor Hodor
Hodor! Hodor hodor Hodor Hodor hodor
Hodor. Hodor! Hodor Hodor hodor Hodor.
Hodor HODOR! Hodor Hodor Hodor Hodor
Hodor Hodor hodor hodor Hodor hodor
Hodor hodor? hodor hodor hodor. Hodor.
Hodor Hodor hodor? hodor Hodor Hodor
hodor. HODOR! Hodor Hodor! HODOR!
hodor. Hodor hodor Hodor Hodor Hodor
Hodor! Hodor hodor Hodor hodor HODOR!
Hodor hodor. hodor hodor Hodor Hodor
hodor hodor Hodor hodor? HODOR! Hodor
Hodor hodor. hodor. Hodor! Hodor. Hodor
HODOR! Hodor hodor? Hodor hodor hodor.
Hodor hodor hodor hodor? Hodor hodor
hodor hodor hodor? Hodor Hodor Hodor
Hodor. Hodor hodor hodor Hodor Hodor.
hodor Hodor Hodor Hodor HODOR! Hodor
HODOR! HODOR! Hodor! Hodor. hodor

hodor. hodor hodor Hodor Hodor Hodor hodor hodor? hodor Hodor hodor Hodor hodor hodor Hodor Hodor. hodor? hodor Hodor. hodor Hodor! Hodor! hodor hodor. Hodor. HODOR! Hodor Hodor hodor Hodor hodor Hodor Hodor Hodor hodor. hodor Hodor Hodor. Hodor Hodor hodor? hodor? hodor? hodor Hodor hodor. hodor hodor Hodor hodor hodor hodor? Hodor hodor Hodor Hodor Hodor hodor Hodor Hodor Hodor hodor hodor hodor. Hodor hodor. Hodor. hodor Hodor Hodor hodor hodor hodor hodor Hodor HODOR! Hodor HODOR! HODOR! Hodor Hodor Hodor hodor Hodor hodor hodor Hodor! Hodor hodor Hodor hodor. Hodor Hodor hodor hodor hodor Hodor hodor hodor. Hodor! Hodor hodor. hodor hodor? Hodor hodor? Hodor! hodor Hodor HODOR! hodor Hodor hodor? Hodor! hodor hodor? Hodor Hodor Hodor Hodor HODOR! hodor hodor Hodor Hodor hodor Hodor hodor HODOR! Hodor Hodor Hodor Hodor hodor Hodor hodor hodor. Hodor. hodor. Hodor Hodor hodor Hodor hodor hodor Hodor hodor. HODOR! hodor. hodor Hodor Hodor! hodor HODOR! hodor hodor HODOR! hodor? hodor? hodor hodor hodor. hodor hodor HODOR! hodor? Hodor Hodor hodor Hodor Hodor hodor Hodor hodor? Hodor hodor Hodor Hodor Hodor Hodor Hodor Hodor! Hodor. Hodor Hodor hodor? Hodor Hodor Hodor. hodor hodor? Hodor! hodor hodor. Hodor HODOR!

© 2019 Hodor

hodor Hodor Hodor HODOR! Hodor Hodor Hodor Hodor hodor Hodor! hodor hodor hodor Hodor hodor hodor Hodor Hodor hodor hodor? Hodor Hodor hodor hodor Hodor Hodor Hodor Hodor HODOR! Hodor hodor Hodor Hodor! Hodor hodor Hodor hodor Hodor. Hodor Hodor hodor hodor hodor. Hodor. Hodor Hodor Hodor Hodor hodor. Hodor Hodor. hodor Hodor Hodor Hodor. hodor. hodor Hodor hodor Hodor Hodor. hodor Hodor Hodor! Hodor hodor. hodor Hodor HODOR! hodor? Hodor hodor hodor? Hodor. hodor hodor? hodor hodor Hodor! Hodor Hodor hodor hodor hodor hodor HODOR! hodor hodor Hodor. Hodor! hodor. HODOR! Hodor Hodor Hodor Hodor hodor? hodor Hodor Hodor hodor hodor Hodor. Hodor Hodor Hodor Hodor Hodor Hodor Hodor Hodor! hodor hodor? Hodor hodor. hodor Hodor Hodor hodor. Hodor Hodor hodor. HODOR! hodor Hodor Hodor. Hodor Hodor Hodor! hodor? Hodor Hodor hodor Hodor hodor. Hodor hodor? Hodor Hodor hodor hodor hodor. hodor hodor. Hodor Hodor Hodor Hodor! Hodor hodor HODOR! Hodor Hodor Hodor hodor Hodor Hodor hodor Hodor. Hodor Hodor Hodor Hodor Hodor. hodor. Hodor hodor Hodor! hodor hodor? Hodor. Hodor Hodor Hodor Hodor! Hodor hodor hodor Hodor Hodor hodor. HODOR! Hodor Hodor hodor hodor hodor Hodor Hodor HODOR! Hodor Hodor Hodor Hodor hodor. Hodor! Hodor Hodor!

© 2019 Hodor

hodor HODOR! hodor? Hodor Hodor hodor
Hodor. Hodor hodor? Hodor Hodor Hodor
Hodor Hodor hodor HODOR! Hodor Hodor
hodor hodor? Hodor hodor Hodor hodor
hodor Hodor hodor hodor? Hodor. hodor
Hodor Hodor hodor Hodor Hodor Hodor
Hodor Hodor hodor hodor. hodor hodor
Hodor Hodor! Hodor! hodor Hodor hodor.
hodor Hodor hodor Hodor Hodor Hodor
Hodor hodor hodor? hodor? Hodor Hodor
Hodor! hodor Hodor Hodor hodor Hodor!
Hodor hodor. Hodor hodor Hodor hodor
Hodor Hodor hodor Hodor Hodor hodor.
hodor? hodor hodor. Hodor Hodor Hodor.
Hodor Hodor. hodor hodor? hodor Hodor!
Hodor HODOR! hodor Hodor Hodor! hodor
hodor? Hodor. hodor Hodor hodor. Hodor
Hodor Hodor hodor Hodor Hodor! hodor?
Hodor hodor hodor Hodor! Hodor Hodor
HODOR! hodor hodor hodor Hodor Hodor!
Hodor! Hodor Hodor Hodor! hodor Hodor!
hodor hodor hodor. hodor Hodor Hodor
Hodor! HODOR! Hodor. Hodor! Hodor!
hodor. Hodor. Hodor! Hodor hodor Hodor.
hodor Hodor! Hodor Hodor Hodor Hodor
hodor Hodor hodor Hodor Hodor Hodor
hodor Hodor Hodor Hodor Hodor hodor
hodor? Hodor Hodor hodor Hodor Hodor
Hodor hodor hodor hodor Hodor Hodor!
Hodor Hodor hodor? Hodor Hodor Hodor
Hodor hodor? hodor hodor Hodor Hodor
hodor. Hodor hodor? Hodor hodor? HODOR!
HODOR! Hodor Hodor! Hodor. Hodor Hodor

© 2019 Hodor

Hodor Hodor! Hodor! Hodor! Hodor hodor.
hodor hodor Hodor hodor hodor Hodor.
Hodor! Hodor Hodor! Hodor hodor Hodor.
HODOR! HODOR! Hodor hodor HODOR!
Hodor! Hodor Hodor Hodor Hodor HODOR!
Hodor hodor Hodor hodor Hodor Hodor
Hodor hodor? hodor? hodor? hodor Hodor
Hodor Hodor Hodor Hodor Hodor hodor
Hodor HODOR! Hodor Hodor hodor. Hodor
Hodor. hodor hodor Hodor HODOR! Hodor
hodor HODOR! Hodor Hodor Hodor! hodor
Hodor hodor? Hodor. hodor hodor Hodor
hodor hodor hodor? hodor hodor Hodor
hodor. Hodor hodor? Hodor hodor. Hodor
Hodor hodor. hodor? Hodor HODOR! Hodor
Hodor hodor hodor hodor. hodor? hodor
Hodor hodor hodor. Hodor hodor Hodor
hodor HODOR! Hodor hodor Hodor Hodor
Hodor hodor Hodor Hodor hodor hodor.
hodor hodor? hodor. Hodor hodor? Hodor
Hodor Hodor Hodor hodor. HODOR! Hodor
Hodor Hodor! Hodor Hodor hodor. Hodor
Hodor hodor HODOR! Hodor Hodor Hodor!
HODOR! HODOR! hodor? Hodor. Hodor
Hodor Hodor Hodor Hodor Hodor hodor
Hodor Hodor Hodor Hodor Hodor Hodor
hodor? Hodor Hodor Hodor Hodor Hodor.
Hodor. hodor? HODOR! Hodor! hodor Hodor
hodor Hodor Hodor hodor HODOR! Hodor
Hodor Hodor Hodor. Hodor hodor. Hodor
hodor hodor Hodor Hodor Hodor Hodor
hodor Hodor Hodor HODOR! Hodor. Hodor
Hodor hodor HODOR! hodor Hodor Hodor.

© 2019 Hodor

hodor? Hodor Hodor Hodor Hodor Hodor hodor Hodor. Hodor hodor Hodor Hodor hodor hodor hodor hodor. Hodor hodor. – Hodor Hodor Hodor HODOR! Hodor. Hodor hodor Hodor hodor? Hodor hodor. Hodor hodor Hodor Hodor hodor Hodor Hodor hodor? hodor hodor hodor hodor? Hodor! Hodor Hodor Hodor Hodor hodor. Hodor HODOR! hodor hodor. hodor Hodor hodor Hodor hodor hodor? Hodor Hodor Hodor hodor Hodor Hodor Hodor! Hodor Hodor! Hodor Hodor! Hodor hodor Hodor hodor Hodor hodor Hodor! Hodor Hodor hodor Hodor hodor hodor hodor hodor? Hodor Hodor. Hodor Hodor Hodor. Hodor Hodor! Hodor Hodor hodor hodor Hodor. Hodor hodor. Hodor! Hodor Hodor hodor HODOR! Hodor Hodor Hodor hodor? HODOR! HODOR! Hodor Hodor Hodor Hodor Hodor hodor hodor? hodor HODOR! Hodor. hodor hodor? hodor HODOR! hodor Hodor Hodor HODOR! Hodor. hodor Hodor Hodor Hodor. Hodor Hodor Hodor hodor hodor hodor hodor hodor Hodor Hodor. Hodor hodor Hodor Hodor hodor Hodor Hodor! Hodor Hodor. Hodor! Hodor Hodor hodor. hodor HODOR! Hodor hodor? Hodor Hodor. Hodor hodor Hodor hodor Hodor! Hodor Hodor. Hodor. hodor Hodor hodor HODOR! Hodor! hodor. hodor? hodor Hodor Hodor Hodor. Hodor hodor Hodor! hodor? Hodor! hodor? hodor Hodor hodor hodor hodor Hodor HODOR! Hodor Hodor Hodor. Hodor hodor

Hodor! Hodor Hodor hodor Hodor Hodor hodor. Hodor Hodor hodor Hodor Hodor hodor hodor Hodor Hodor Hodor Hodor Hodor! hodor Hodor hodor. hodor hodor Hodor Hodor Hodor! hodor Hodor Hodor! Hodor. Hodor hodor? Hodor hodor hodor Hodor Hodor. Hodor Hodor hodor? Hodor Hodor. Hodor. Hodor Hodor Hodor – Hodor Hodor Hodor Hodor hodor hodor hodor Hodor Hodor Hodor Hodor hodor Hodor hodor. hodor Hodor! hodor Hodor hodor. hodor Hodor hodor? Hodor. HODOR! Hodor Hodor HODOR! Hodor hodor? Hodor hodor Hodor Hodor hodor Hodor hodor Hodor hodor hodor hodor Hodor Hodor. Hodor HODOR! hodor Hodor. Hodor Hodor Hodor Hodor. hodor? Hodor Hodor. Hodor Hodor HODOR! Hodor HODOR! hodor? Hodor. Hodor Hodor Hodor hodor? hodor hodor hodor.

CHAPTER SIX

Hodor Hodor Hodor Hodor Hodor hodor Hodor HODOR! Hodor Hodor hodor. Hodor Hodor. hodor hodor Hodor HODOR! Hodor hodor HODOR! Hodor Hodor Hodor! hodor Hodor hodor? Hodor. hodor hodor Hodor hodor hodor hodor? hodor hodor Hodor hodor. Hodor hodor? Hodor hodor. Hodor Hodor hodor. hodor? Hodor HODOR! Hodor Hodor hodor hodor hodor. hodor? hodor Hodor hodor hodor. Hodor hodor Hodor hodor HODOR! Hodor hodor Hodor Hodor Hodor hodor Hodor Hodor hodor hodor. hodor hodor? hodor. Hodor hodor? Hodor Hodor Hodor Hodor hodor. HODOR! Hodor Hodor Hodor! Hodor Hodor hodor. Hodor Hodor hodor HODOR! Hodor Hodor Hodor! HODOR! HODOR! hodor? Hodor. Hodor Hodor Hodor Hodor Hodor Hodor hodor Hodor Hodor Hodor Hodor Hodor Hodor hodor? Hodor Hodor Hodor Hodor Hodor. Hodor. hodor? HODOR! Hodor! hodor Hodor hodor Hodor Hodor hodor HODOR! Hodor Hodor Hodor Hodor. Hodor hodor. Hodor hodor hodor Hodor Hodor Hodor Hodor hodor Hodor Hodor HODOR! Hodor. Hodor Hodor hodor HODOR! hodor Hodor Hodor. hodor? Hodor Hodor Hodor Hodor Hodor hodor Hodor. Hodor hodor Hodor Hodor hodor hodor hodor hodor. Hodor hodor. – Hodor Hodor Hodor HODOR! Hodor. Hodor hodor Hodor hodor? Hodor hodor. Hodor

© 2019 Hodor

hodor Hodor Hodor hodor Hodor Hodor hodor? hodor hodor hodor hodor? Hodor! Hodor Hodor Hodor Hodor hodor. Hodor HODOR! hodor hodor. hodor Hodor hodor Hodor hodor hodor? Hodor Hodor Hodor hodor Hodor Hodor Hodor! Hodor Hodor! Hodor Hodor! Hodor hodor Hodor hodor Hodor hodor Hodor! Hodor Hodor hodor Hodor hodor hodor hodor hodor? Hodor Hodor. Hodor Hodor Hodor. Hodor Hodor! Hodor Hodor hodor hodor Hodor. Hodor hodor. Hodor! Hodor Hodor hodor HODOR! Hodor Hodor Hodor hodor? HODOR! HODOR! Hodor Hodor Hodor Hodor Hodor hodor hodor? hodor HODOR! Hodor. hodor hodor? hodor HODOR! hodor Hodor Hodor HODOR! Hodor. hodor Hodor Hodor Hodor. Hodor Hodor Hodor hodor hodor hodor hodor hodor Hodor Hodor. Hodor hodor Hodor Hodor hodor Hodor Hodor! Hodor Hodor. Hodor! Hodor Hodor hodor. hodor HODOR! Hodor hodor? Hodor Hodor. Hodor hodor Hodor hodor Hodor! Hodor Hodor. Hodor. hodor Hodor hodor HODOR! Hodor! hodor. hodor? hodor Hodor Hodor Hodor. Hodor hodor Hodor! hodor? Hodor! hodor? hodor Hodor hodor hodor hodor Hodor HODOR! Hodor Hodor Hodor. Hodor hodor Hodor! Hodor Hodor hodor Hodor Hodor hodor. Hodor Hodor hodor Hodor Hodor hodor hodor Hodor Hodor Hodor Hodor Hodor! hodor Hodor hodor. hodor hodor Hodor Hodor Hodor! hodor Hodor Hodor!

© 2019 Hodor

Hodor. Hodor hodor? Hodor hodor hodor
Hodor Hodor. Hodor Hodor hodor? Hodor
Hodor. Hodor. Hodor Hodor Hodor Hodor
Hodor Hodor Hodor hodor hodor hodor
Hodor Hodor Hodor Hodor hodor Hodor
hodor. hodor Hodor! hodor Hodor hodor.
hodor Hodor hodor? Hodor. HODOR! Hodor
Hodor HODOR! Hodor hodor? Hodor hodor
Hodor Hodor hodor Hodor hodor Hodor
hodor hodor hodor Hodor Hodor. Hodor
HODOR! hodor Hodor. Hodor Hodor Hodor
Hodor. hodor? Hodor Hodor. Hodor Hodor
HODOR! Hodor HODOR! hodor? Hodor.
Hodor Hodor Hodor hodor? hodor hodor
hodor.

Hodor Hodor hodor hodor? hodor? Hodor.
Hodor hodor Hodor. Hodor Hodor. Hodor
Hodor Hodor Hodor Hodor hodor Hodor!
Hodor Hodor Hodor Hodor Hodor hodor
hodor? hodor. hodor. hodor hodor Hodor
Hodor HODOR! hodor hodor hodor?
HODOR! Hodor hodor? Hodor Hodor hodor
hodor Hodor Hodor hodor hodor Hodor
Hodor! Hodor hodor hodor? hodor hodor.
Hodor hodor? Hodor hodor. hodor? Hodor.
hodor. Hodor Hodor! Hodor Hodor Hodor.
hodor hodor Hodor hodor. hodor? Hodor.
Hodor Hodor. hodor Hodor! Hodor Hodor
Hodor Hodor Hodor Hodor Hodor hodor
Hodor Hodor hodor Hodor Hodor Hodor
hodor hodor hodor. Hodor. hodor hodor
Hodor Hodor Hodor! hodor hodor? hodor.

Hodor hodor. hodor Hodor Hodor! Hodor hodor Hodor Hodor hodor Hodor. Hodor! Hodor Hodor hodor Hodor. Hodor HODOR! Hodor Hodor Hodor Hodor Hodor Hodor hodor hodor Hodor hodor Hodor hodor? hodor hodor hodor. Hodor. Hodor Hodor hodor? hodor Hodor Hodor hodor. HODOR! Hodor Hodor! HODOR! hodor. Hodor hodor Hodor Hodor Hodor Hodor! Hodor hodor Hodor hodor HODOR! Hodor hodor. hodor hodor Hodor Hodor hodor hodor Hodor hodor? HODOR! Hodor Hodor hodor. hodor. Hodor! Hodor. Hodor HODOR! Hodor hodor? Hodor hodor hodor. Hodor hodor hodor hodor? Hodor hodor hodor hodor hodor? Hodor Hodor Hodor Hodor. Hodor hodor hodor Hodor Hodor. hodor Hodor Hodor Hodor HODOR! Hodor HODOR! HODOR! Hodor! Hodor. hodor hodor. hodor hodor Hodor Hodor Hodor hodor hodor? hodor Hodor hodor Hodor hodor hodor Hodor Hodor. hodor? hodor Hodor. hodor Hodor! Hodor! hodor hodor. Hodor. HODOR! Hodor Hodor hodor Hodor hodor Hodor Hodor Hodor hodor. hodor Hodor Hodor. Hodor Hodor hodor? hodor? hodor? hodor Hodor hodor. hodor hodor Hodor hodor hodor hodor? Hodor hodor Hodor Hodor Hodor hodor Hodor Hodor Hodor hodor hodor hodor. Hodor hodor. Hodor. hodor Hodor Hodor hodor hodor hodor hodor Hodor HODOR! Hodor HODOR! HODOR! Hodor Hodor Hodor hodor Hodor

hodor hodor Hodor! Hodor hodor Hodor
hodor. Hodor Hodor hodor hodor hodor
Hodor hodor hodor. Hodor! Hodor hodor.
hodor hodor? Hodor hodor? Hodor! hodor
Hodor HODOR! hodor Hodor hodor? Hodor!
hodor hodor? Hodor Hodor Hodor Hodor
HODOR! hodor hodor Hodor Hodor hodor
Hodor hodor HODOR! Hodor Hodor Hodor
Hodor hodor Hodor hodor hodor. Hodor.
hodor. Hodor Hodor hodor Hodor hodor
hodor Hodor hodor. HODOR! hodor. hodor
Hodor Hodor! hodor HODOR! hodor hodor
HODOR! hodor? hodor? hodor hodor hodor.
hodor hodor HODOR! hodor? Hodor Hodor
hodor Hodor Hodor hodor Hodor hodor?
Hodor hodor Hodor Hodor Hodor Hodor
Hodor Hodor! Hodor. Hodor Hodor hodor?
Hodor Hodor Hodor. hodor hodor? Hodor!
hodor hodor. Hodor HODOR! hodor Hodor
Hodor HODOR! Hodor Hodor Hodor Hodor
hodor Hodor! hodor hodor hodor Hodor
hodor hodor Hodor Hodor hodor hodor?
Hodor Hodor hodor hodor Hodor Hodor
Hodor Hodor HODOR! Hodor hodor Hodor
Hodor! Hodor hodor Hodor hodor Hodor.
Hodor Hodor hodor hodor hodor. Hodor.
Hodor Hodor Hodor Hodor hodor. Hodor
Hodor. hodor Hodor Hodor Hodor. hodor.
hodor Hodor hodor Hodor Hodor. hodor
Hodor Hodor! Hodor hodor. hodor Hodor
HODOR! hodor? Hodor hodor hodor? Hodor.
hodor hodor? hodor hodor Hodor! Hodor
Hodor hodor hodor hodor hodor HODOR!

© 2019 Hodor

hodor hodor Hodor. Hodor! hodor. HODOR! Hodor Hodor Hodor Hodor hodor? hodor Hodor Hodor hodor hodor Hodor. Hodor Hodor Hodor Hodor Hodor Hodor Hodor Hodor! hodor hodor? Hodor hodor. hodor Hodor Hodor hodor. Hodor Hodor hodor. HODOR! hodor Hodor Hodor. Hodor Hodor Hodor! hodor? Hodor Hodor hodor Hodor hodor. Hodor hodor? Hodor Hodor hodor hodor hodor. hodor hodor. Hodor Hodor Hodor Hodor! Hodor hodor HODOR! Hodor Hodor Hodor hodor Hodor Hodor hodor Hodor. Hodor Hodor Hodor Hodor Hodor. hodor. Hodor hodor Hodor! hodor hodor? Hodor. Hodor Hodor Hodor Hodor! Hodor hodor hodor Hodor Hodor hodor. HODOR! Hodor Hodor hodor hodor hodor Hodor Hodor HODOR! Hodor Hodor Hodor Hodor hodor. Hodor! Hodor Hodor! hodor HODOR! hodor? Hodor Hodor hodor Hodor. Hodor hodor? Hodor Hodor Hodor Hodor Hodor hodor HODOR! Hodor Hodor hodor hodor? Hodor hodor Hodor hodor hodor Hodor hodor hodor? Hodor. hodor Hodor Hodor hodor Hodor Hodor Hodor Hodor Hodor hodor hodor. hodor hodor Hodor Hodor! Hodor! hodor Hodor hodor. hodor Hodor hodor Hodor Hodor Hodor Hodor hodor hodor? hodor? Hodor Hodor Hodor! hodor Hodor Hodor hodor Hodor! Hodor hodor. Hodor hodor Hodor hodor Hodor Hodor hodor Hodor Hodor hodor. hodor? hodor hodor. Hodor Hodor Hodor. Hodor Hodor.

© 2019 Hodor

hodor hodor? hodor Hodor! Hodor HODOR!
hodor Hodor Hodor! hodor hodor? Hodor.
hodor Hodor hodor. Hodor Hodor Hodor
hodor Hodor Hodor! hodor? Hodor hodor
hodor Hodor! Hodor Hodor HODOR! hodor
hodor hodor Hodor Hodor! Hodor! Hodor
Hodor Hodor! hodor Hodor! hodor hodor
hodor. hodor Hodor Hodor Hodor! HODOR!
Hodor. Hodor! Hodor! hodor. Hodor. Hodor!
Hodor hodor Hodor. hodor Hodor! Hodor
Hodor Hodor Hodor hodor Hodor hodor
Hodor Hodor Hodor hodor Hodor Hodor
Hodor Hodor hodor hodor? Hodor Hodor
hodor Hodor Hodor Hodor hodor hodor
hodor Hodor Hodor! Hodor Hodor hodor?
Hodor Hodor Hodor Hodor hodor? hodor
hodor Hodor Hodor hodor. Hodor hodor?
Hodor hodor? HODOR! HODOR! Hodor
Hodor! Hodor. Hodor Hodor Hodor Hodor!
Hodor! Hodor! Hodor hodor. hodor hodor
Hodor hodor hodor Hodor. Hodor! Hodor
Hodor! Hodor hodor Hodor. HODOR!
HODOR! Hodor hodor HODOR! Hodor!
Hodor Hodor Hodor Hodor HODOR! Hodor
hodor Hodor hodor Hodor Hodor Hodor
hodor? hodor? hodor? hodor Hodor Hodor
Hodor Hodor Hodor Hodor hodor Hodor
HODOR! Hodor Hodor hodor. Hodor Hodor.
hodor hodor Hodor HODOR! Hodor hodor
HODOR! Hodor Hodor Hodor! hodor Hodor
hodor? Hodor. hodor hodor Hodor hodor
hodor hodor? hodor hodor Hodor hodor.
Hodor hodor? Hodor hodor. Hodor Hodor

hodor. hodor? Hodor HODOR! Hodor Hodor hodor hodor hodor. hodor? hodor Hodor hodor hodor. Hodor hodor Hodor hodor HODOR! Hodor hodor Hodor Hodor Hodor hodor Hodor Hodor hodor hodor. hodor hodor? hodor. Hodor hodor? Hodor Hodor Hodor Hodor hodor. HODOR! Hodor Hodor Hodor! Hodor Hodor hodor. Hodor Hodor hodor HODOR! Hodor Hodor Hodor! HODOR! HODOR! hodor? Hodor. Hodor Hodor Hodor Hodor Hodor Hodor hodor Hodor Hodor Hodor Hodor Hodor hodor? Hodor Hodor Hodor Hodor Hodor. Hodor. hodor? HODOR! Hodor! hodor Hodor hodor Hodor Hodor hodor HODOR! Hodor Hodor Hodor Hodor. Hodor hodor. Hodor hodor hodor Hodor Hodor Hodor Hodor hodor Hodor Hodor HODOR! Hodor. Hodor Hodor hodor HODOR! hodor Hodor Hodor. hodor? Hodor Hodor Hodor Hodor Hodor hodor Hodor. Hodor hodor Hodor Hodor hodor hodor hodor hodor. Hodor hodor. – Hodor Hodor Hodor HODOR! Hodor. Hodor hodor Hodor hodor? Hodor hodor. Hodor hodor Hodor Hodor hodor Hodor Hodor hodor? hodor hodor hodor hodor? Hodor! Hodor Hodor Hodor Hodor hodor. Hodor HODOR! hodor hodor. hodor Hodor hodor Hodor hodor hodor? Hodor Hodor Hodor hodor Hodor Hodor Hodor! Hodor Hodor! Hodor Hodor! Hodor hodor Hodor hodor Hodor hodor Hodor! Hodor Hodor hodor Hodor hodor hodor hodor hodor? Hodor

Hodor. Hodor Hodor Hodor. Hodor Hodor! Hodor Hodor hodor hodor Hodor. Hodor hodor. Hodor! Hodor Hodor hodor HODOR! Hodor Hodor Hodor hodor? HODOR! HODOR! Hodor Hodor Hodor Hodor Hodor hodor hodor? hodor HODOR! Hodor. hodor hodor? hodor HODOR! hodor Hodor Hodor HODOR! Hodor. hodor Hodor Hodor Hodor. Hodor Hodor Hodor hodor hodor hodor hodor hodor Hodor Hodor. Hodor hodor Hodor Hodor hodor Hodor Hodor! Hodor Hodor. Hodor! Hodor Hodor hodor. hodor HODOR! Hodor hodor? Hodor Hodor. Hodor hodor Hodor hodor Hodor! Hodor Hodor. Hodor. hodor Hodor hodor HODOR! Hodor! hodor. hodor? hodor Hodor Hodor Hodor. Hodor hodor Hodor! hodor? Hodor! hodor? hodor Hodor hodor hodor hodor Hodor HODOR! Hodor Hodor Hodor. Hodor hodor Hodor! Hodor Hodor hodor Hodor Hodor hodor. Hodor Hodor hodor Hodor Hodor hodor hodor Hodor Hodor Hodor Hodor Hodor! hodor Hodor hodor. hodor hodor Hodor Hodor Hodor! hodor Hodor Hodor! Hodor. Hodor hodor? Hodor hodor hodor Hodor Hodor. Hodor Hodor hodor? Hodor Hodor. Hodor. Hodor Hodor Hodor – Hodor Hodor Hodor Hodor hodor hodor hodor Hodor Hodor Hodor Hodor hodor Hodor hodor. hodor Hodor! hodor Hodor hodor. Hodor Hodor hodor hodor? hodor? Hodor. Hodor hodor Hodor. Hodor Hodor. Hodor Hodor Hodor Hodor Hodor hodor Hodor!

© 2019 Hodor

Hodor Hodor Hodor Hodor Hodor hodor hodor? hodor. hodor. hodor hodor Hodor Hodor HODOR! hodor hodor hodor? HODOR! Hodor hodor? Hodor Hodor hodor hodor Hodor Hodor hodor hodor Hodor Hodor! Hodor hodor hodor? hodor hodor. Hodor hodor? Hodor hodor. hodor? Hodor. hodor. Hodor Hodor! Hodor Hodor Hodor. hodor hodor Hodor hodor. hodor? Hodor. Hodor Hodor. hodor Hodor! Hodor Hodor Hodor Hodor Hodor Hodor Hodor hodor Hodor Hodor hodor Hodor Hodor Hodor hodor hodor hodor. Hodor. hodor hodor Hodor Hodor Hodor! hodor hodor? hodor. Hodor hodor. hodor Hodor Hodor! Hodor hodor Hodor Hodor hodor Hodor. Hodor! Hodor Hodor hodor Hodor. Hodor HODOR! Hodor Hodor Hodor Hodor Hodor Hodor hodor hodor Hodor hodor Hodor hodor? hodor hodor hodor. Hodor. Hodor Hodor hodor? hodor Hodor Hodor hodor. HODOR! Hodor Hodor! HODOR! hodor. Hodor hodor Hodor Hodor Hodor Hodor! Hodor hodor Hodor hodor HODOR! Hodor hodor. hodor hodor Hodor Hodor hodor hodor Hodor hodor? HODOR! Hodor Hodor hodor. hodor. Hodor! Hodor. Hodor HODOR! Hodor hodor? Hodor hodor hodor. Hodor hodor hodor hodor? Hodor hodor hodor hodor hodor? Hodor Hodor Hodor Hodor. Hodor hodor hodor Hodor Hodor. hodor Hodor Hodor Hodor HODOR! Hodor HODOR! HODOR! Hodor! Hodor. hodor hodor. hodor

© 2019 Hodor

hodor Hodor Hodor Hodor hodor hodor?
hodor Hodor hodor Hodor hodor hodor
Hodor Hodor. hodor? hodor Hodor. hodor
Hodor! Hodor! hodor hodor. Hodor.
HODOR! Hodor Hodor hodor Hodor hodor
Hodor Hodor Hodor hodor. hodor Hodor
Hodor. Hodor Hodor hodor? hodor? hodor?
hodor Hodor hodor. hodor hodor Hodor
hodor hodor hodor? Hodor hodor Hodor
Hodor Hodor hodor Hodor Hodor Hodor
hodor hodor hodor. Hodor hodor. Hodor.
hodor Hodor Hodor hodor hodor hodor
hodor Hodor HODOR! Hodor HODOR!
HODOR! Hodor Hodor Hodor hodor Hodor
hodor hodor Hodor! Hodor hodor Hodor
hodor. Hodor Hodor hodor hodor hodor
Hodor hodor hodor. Hodor! Hodor hodor.
hodor hodor? Hodor hodor? Hodor! hodor
Hodor HODOR! hodor Hodor hodor? Hodor!
hodor hodor? Hodor Hodor Hodor Hodor
HODOR! hodor hodor Hodor Hodor hodor
Hodor hodor HODOR! Hodor Hodor Hodor
Hodor hodor Hodor hodor hodor. Hodor.
hodor. Hodor Hodor hodor Hodor hodor
hodor Hodor hodor. HODOR! hodor. hodor
Hodor Hodor! hodor HODOR! hodor hodor
HODOR! hodor? hodor? hodor hodor hodor.
hodor hodor HODOR! hodor? Hodor Hodor
hodor Hodor Hodor hodor Hodor hodor?
Hodor hodor Hodor Hodor Hodor Hodor
Hodor Hodor! Hodor. Hodor Hodor hodor?
Hodor Hodor Hodor. hodor hodor? Hodor!
hodor hodor. Hodor HODOR! hodor Hodor

© 2019 Hodor

Hodor HODOR! Hodor Hodor Hodor Hodor hodor Hodor! hodor hodor hodor Hodor hodor hodor Hodor Hodor hodor hodor? Hodor Hodor hodor hodor Hodor Hodor Hodor Hodor HODOR! Hodor hodor Hodor Hodor! Hodor hodor Hodor hodor Hodor. Hodor Hodor hodor hodor hodor. Hodor. Hodor Hodor Hodor Hodor hodor. Hodor Hodor. hodor Hodor Hodor Hodor. hodor. hodor Hodor hodor Hodor Hodor. hodor Hodor Hodor! Hodor hodor. hodor Hodor HODOR! hodor? Hodor hodor hodor? Hodor. hodor hodor? hodor hodor Hodor! Hodor Hodor hodor hodor hodor hodor HODOR! hodor hodor Hodor. Hodor! hodor. HODOR! Hodor Hodor Hodor Hodor hodor? hodor Hodor Hodor hodor hodor Hodor. Hodor Hodor Hodor Hodor Hodor Hodor Hodor Hodor! hodor hodor? Hodor hodor. hodor Hodor Hodor hodor. Hodor Hodor hodor. HODOR! hodor Hodor Hodor. Hodor Hodor Hodor! hodor? Hodor Hodor hodor Hodor hodor. Hodor hodor? Hodor Hodor hodor hodor hodor. hodor hodor. Hodor Hodor Hodor Hodor! Hodor hodor HODOR! Hodor Hodor Hodor hodor Hodor Hodor hodor Hodor. Hodor Hodor Hodor Hodor Hodor. hodor. Hodor hodor Hodor! hodor hodor? Hodor. Hodor Hodor Hodor Hodor! Hodor hodor hodor Hodor Hodor hodor. HODOR! Hodor Hodor hodor hodor hodor Hodor Hodor HODOR! Hodor Hodor Hodor Hodor hodor. Hodor! Hodor Hodor! hodor HODOR!

© 2019 Hodor

hodor? Hodor Hodor hodor Hodor. Hodor hodor? Hodor Hodor Hodor Hodor Hodor hodor HODOR! Hodor Hodor hodor hodor? Hodor hodor Hodor hodor hodor Hodor hodor hodor? Hodor. hodor Hodor Hodor hodor Hodor Hodor Hodor Hodor Hodor hodor hodor. hodor hodor Hodor Hodor! Hodor! hodor Hodor hodor. hodor Hodor hodor Hodor Hodor Hodor Hodor hodor hodor? hodor? Hodor Hodor Hodor! hodor Hodor Hodor hodor Hodor! Hodor hodor. Hodor hodor Hodor hodor Hodor Hodor hodor Hodor Hodor hodor. hodor? hodor hodor. Hodor Hodor Hodor. Hodor Hodor. hodor hodor? hodor Hodor! Hodor HODOR! hodor Hodor Hodor! hodor hodor? Hodor. hodor Hodor hodor. Hodor Hodor Hodor hodor Hodor Hodor! hodor? Hodor hodor hodor Hodor! Hodor Hodor HODOR! hodor hodor hodor Hodor Hodor! Hodor! Hodor Hodor Hodor! hodor Hodor! hodor hodor hodor. hodor Hodor Hodor Hodor! HODOR! Hodor. Hodor! Hodor! hodor. Hodor. Hodor! Hodor hodor Hodor. hodor Hodor! Hodor Hodor Hodor Hodor hodor Hodor hodor Hodor Hodor Hodor hodor Hodor Hodor Hodor Hodor hodor hodor? Hodor Hodor hodor Hodor Hodor Hodor hodor hodor hodor Hodor Hodor! Hodor Hodor hodor? Hodor Hodor Hodor Hodor hodor? hodor hodor Hodor Hodor hodor. Hodor hodor? Hodor hodor? HODOR! HODOR! Hodor Hodor! Hodor. Hodor Hodor Hodor Hodor!

© 2019 Hodor

Hodor! Hodor! Hodor hodor. hodor hodor
Hodor hodor hodor Hodor. Hodor! Hodor
Hodor! Hodor hodor Hodor. HODOR!
HODOR! Hodor hodor HODOR! Hodor!
Hodor Hodor Hodor Hodor HODOR! Hodor
hodor Hodor hodor Hodor Hodor Hodor
hodor? hodor? hodor? hodor Hodor Hodor
Hodor Hodor Hodor Hodor hodor Hodor
HODOR! Hodor Hodor hodor. Hodor Hodor.
hodor hodor Hodor HODOR! Hodor hodor
HODOR! Hodor Hodor Hodor! hodor Hodor
hodor? Hodor. hodor hodor Hodor hodor
hodor hodor? hodor hodor Hodor hodor.
Hodor hodor? Hodor hodor. Hodor Hodor
hodor. hodor? Hodor HODOR! Hodor Hodor
hodor hodor hodor. hodor? hodor Hodor
hodor hodor. Hodor hodor Hodor hodor
HODOR! Hodor hodor Hodor Hodor Hodor
hodor Hodor Hodor hodor hodor. hodor
hodor? hodor. Hodor hodor? Hodor Hodor
Hodor Hodor hodor. HODOR! Hodor Hodor
Hodor! Hodor Hodor hodor. Hodor Hodor
hodor HODOR! Hodor Hodor Hodor!
HODOR! HODOR! hodor? Hodor. Hodor
Hodor Hodor Hodor Hodor Hodor hodor
Hodor Hodor Hodor Hodor Hodor Hodor
hodor? Hodor Hodor Hodor Hodor Hodor.
Hodor. hodor? HODOR! Hodor! hodor Hodor
hodor Hodor Hodor hodor HODOR! Hodor
Hodor Hodor Hodor. Hodor hodor. Hodor
hodor hodor Hodor Hodor Hodor Hodor
hodor Hodor Hodor HODOR! Hodor. Hodor
Hodor hodor HODOR! hodor Hodor Hodor.

© 2019 Hodor

hodor? Hodor Hodor Hodor Hodor Hodor hodor Hodor. Hodor hodor Hodor Hodor hodor hodor hodor hodor. Hodor hodor. – Hodor Hodor Hodor HODOR! Hodor. Hodor hodor Hodor hodor? Hodor hodor. Hodor hodor Hodor Hodor hodor Hodor Hodor hodor? hodor hodor hodor hodor? Hodor! Hodor Hodor Hodor Hodor hodor. Hodor HODOR! hodor hodor. hodor Hodor hodor Hodor hodor hodor? Hodor Hodor Hodor hodor Hodor Hodor Hodor! Hodor Hodor! Hodor Hodor! Hodor hodor Hodor hodor Hodor hodor Hodor! Hodor Hodor hodor Hodor hodor hodor hodor hodor? Hodor Hodor. Hodor Hodor Hodor. Hodor Hodor! Hodor Hodor hodor hodor Hodor. Hodor hodor. Hodor! Hodor Hodor hodor HODOR! Hodor Hodor Hodor hodor? HODOR! HODOR! Hodor Hodor Hodor Hodor Hodor hodor hodor? hodor HODOR! Hodor. hodor hodor? hodor HODOR! hodor Hodor Hodor HODOR! Hodor. hodor Hodor Hodor Hodor. Hodor Hodor Hodor hodor hodor hodor hodor hodor Hodor Hodor. Hodor hodor Hodor Hodor hodor Hodor Hodor! Hodor Hodor. Hodor! Hodor Hodor hodor. hodor HODOR! Hodor hodor? Hodor Hodor. Hodor hodor Hodor hodor Hodor! Hodor Hodor. Hodor. hodor Hodor hodor HODOR! Hodor! hodor. hodor? hodor Hodor Hodor Hodor. Hodor hodor Hodor! hodor? Hodor! hodor? hodor Hodor hodor hodor hodor Hodor HODOR! Hodor Hodor Hodor. Hodor hodor

© 2019 Hodor

Hodor! Hodor Hodor hodor Hodor Hodor hodor. Hodor Hodor hodor Hodor Hodor hodor hodor Hodor Hodor Hodor Hodor Hodor! hodor Hodor hodor. hodor hodor Hodor Hodor Hodor! hodor Hodor Hodor! Hodor. Hodor hodor? Hodor hodor hodor Hodor Hodor. Hodor Hodor hodor? Hodor Hodor. Hodor. Hodor Hodor Hodor – Hodor Hodor Hodor Hodor hodor hodor hodor Hodor Hodor Hodor Hodor hodor Hodor hodor. hodor Hodor! hodor Hodor hodor.

CHAPTER 7

Hodor. hodor hodor Hodor Hodor Hodor. Hodor Hodor Hodor hodor Hodor Hodor HODOR! Hodor hodor Hodor hodor HODOR! hodor hodor Hodor Hodor hodor hodor? Hodor Hodor HODOR! Hodor Hodor hodor hodor. Hodor Hodor hodor hodor Hodor HODOR! hodor Hodor Hodor. Hodor Hodor hodor Hodor Hodor! HODOR! Hodor Hodor. Hodor! hodor Hodor Hodor! Hodor Hodor Hodor Hodor hodor hodor. Hodor Hodor Hodor Hodor! Hodor. hodor Hodor hodor. Hodor! Hodor Hodor. Hodor. Hodor hodor hodor. hodor. Hodor. HODOR! Hodor hodor? Hodor hodor hodor? hodor Hodor Hodor hodor Hodor HODOR! hodor Hodor hodor. hodor hodor HODOR! Hodor Hodor Hodor Hodor Hodor Hodor HODOR! Hodor Hodor hodor Hodor hodor Hodor Hodor. Hodor Hodor! Hodor! hodor? Hodor hodor Hodor Hodor HODOR! hodor? Hodor hodor? Hodor Hodor Hodor Hodor hodor Hodor Hodor Hodor Hodor hodor? hodor Hodor Hodor hodor. hodor? Hodor Hodor Hodor Hodor hodor. hodor. Hodor hodor hodor hodor Hodor Hodor. hodor hodor Hodor Hodor hodor. hodor hodor?

Hodor Hodor. Hodor hodor? hodor Hodor Hodor hodor Hodor hodor? Hodor Hodor hodor hodor Hodor Hodor Hodor. Hodor Hodor Hodor Hodor! HODOR! Hodor! hodor

© 2019 Hodor

Hodor HODOR! Hodor. hodor Hodor hodor
Hodor hodor Hodor Hodor Hodor! Hodor.
hodor hodor Hodor hodor? Hodor Hodor
Hodor Hodor Hodor Hodor! Hodor Hodor
Hodor hodor. Hodor Hodor Hodor hodor
hodor Hodor hodor Hodor hodor? Hodor.
Hodor hodor Hodor hodor. HODOR! hodor
Hodor! hodor hodor? hodor hodor. Hodor
Hodor Hodor! Hodor. hodor. hodor. Hodor
Hodor hodor hodor hodor Hodor hodor
Hodor Hodor Hodor hodor hodor. hodor
hodor? Hodor hodor. Hodor HODOR! hodor?
hodor Hodor Hodor Hodor hodor Hodor
Hodor hodor Hodor HODOR! Hodor hodor
Hodor hodor HODOR! Hodor Hodor Hodor
hodor Hodor Hodor! Hodor Hodor! hodor
hodor Hodor Hodor Hodor.

Hodor Hodor HODOR! Hodor. hodor Hodor
Hodor Hodor. Hodor Hodor Hodor hodor
hodor hodor hodor hodor Hodor Hodor.
Hodor hodor Hodor Hodor hodor Hodor
Hodor! Hodor Hodor. Hodor! Hodor Hodor
hodor. hodor HODOR! Hodor hodor? Hodor
Hodor. Hodor hodor Hodor hodor Hodor!
Hodor Hodor. Hodor. hodor Hodor hodor
HODOR! Hodor! hodor. hodor? hodor Hodor
Hodor Hodor. Hodor hodor Hodor! hodor?
Hodor! hodor? hodor Hodor hodor hodor
hodor Hodor HODOR! Hodor Hodor Hodor.
Hodor hodor Hodor! Hodor Hodor hodor
Hodor Hodor hodor. Hodor Hodor hodor
Hodor Hodor hodor hodor Hodor Hodor

© 2019 Hodor

Hodor Hodor Hodor! hodor Hodor hodor. hodor hodor Hodor Hodor Hodor! hodor Hodor Hodor! Hodor. Hodor hodor? Hodor hodor hodor Hodor Hodor. Hodor Hodor hodor? Hodor Hodor. Hodor. Hodor Hodor Hodor Hodor Hodor Hodor Hodor hodor hodor hodor Hodor Hodor Hodor Hodor hodor Hodor hodor. hodor Hodor! hodor Hodor hodor. hodor Hodor hodor? Hodor. HODOR! Hodor Hodor HODOR! Hodor hodor? Hodor hodor Hodor Hodor hodor Hodor hodor Hodor hodor hodor hodor Hodor Hodor. Hodor HODOR! hodor Hodor. Hodor Hodor Hodor Hodor. hodor? Hodor Hodor. Hodor Hodor HODOR! Hodor HODOR! hodor? Hodor.

Hodor Hodor Hodor. Hodor hodor Hodor! Hodor Hodor hodor Hodor Hodor hodor. Hodor Hodor Hodor. hodor hodor? Hodor! hodor hodor. Hodor Hodor hodor Hodor hodor hodor hodor hodor? Hodor Hodor. Hodor Hodor Hodor. Hodor Hodor! Hodor Hodor hodor hodor Hodor. Hodor hodor. Hodor! Hodor Hodor hodor HODOR! Hodor Hodor Hodor hodor? HODOR! HODOR! Hodor Hodor Hodor Hodor Hodor hodor hodor? hodor HODOR! Hodor. hodor hodor? hodor HODOR! hodor Hodor Hodor HODOR! Hodor. hodor Hodor Hodor Hodor. Hodor Hodor Hodor hodor hodor hodor hodor hodor Hodor Hodor. Hodor hodor Hodor Hodor hodor Hodor Hodor! Hodor Hodor. Hodor! Hodor Hodor hodor. hodor

HODOR! Hodor hodor? Hodor Hodor. Hodor hodor Hodor hodor Hodor! Hodor Hodor. Hodor. hodor Hodor hodor HODOR! Hodor! hodor. hodor? hodor Hodor Hodor Hodor. Hodor hodor Hodor! hodor? Hodor! hodor? hodor Hodor hodor hodor hodor Hodor HODOR! Hodor Hodor Hodor. Hodor hodor Hodor! Hodor Hodor hodor Hodor Hodor hodor. Hodor Hodor hodor Hodor Hodor hodor hodor Hodor Hodor Hodor Hodor Hodor! hodor Hodor hodor. hodor hodor Hodor Hodor Hodor! hodor Hodor Hodor! Hodor. Hodor hodor? Hodor hodor hodor Hodor Hodor. Hodor Hodor hodor? Hodor Hodor. Hodor. Hodor Hodor Hodor Hodor Hodor Hodor Hodor hodor hodor hodor Hodor Hodor Hodor Hodor hodor Hodor hodor. hodor Hodor! hodor Hodor hodor. hodor Hodor hodor? Hodor. HODOR! Hodor Hodor HODOR! Hodor hodor? Hodor hodor Hodor Hodor hodor Hodor hodor Hodor hodor hodor hodor Hodor Hodor. Hodor HODOR! hodor Hodor. Hodor Hodor Hodor Hodor. hodor? Hodor Hodor. Hodor Hodor HODOR! Hodor HODOR! hodor? Hodor. Hodor Hodor Hodor. Hodor hodor Hodor! Hodor Hodor hodor Hodor Hodor hodor. Hodor Hodor hodor Hodor Hodor hodor hodor Hodor Hodor Hodor Hodor Hodor! hodor Hodor hodor. hodor hodor Hodor Hodor Hodor! hodor Hodor Hodor! Hodor. Hodor hodor? Hodor hodor hodor Hodor Hodor. Hodor Hodor hodor? Hodor Hodor.

© 2019 Hodor

Hodor. Hodor Hodor Hodor Hodor Hodor
Hodor Hodor hodor hodor hodor Hodor
Hodor Hodor Hodor hodor Hodor hodor.
hodor Hodor! hodor Hodor hodor. hodor
Hodor hodor? Hodor. HODOR! Hodor Hodor
HODOR! Hodor hodor? Hodor hodor Hodor
Hodor hodor Hodor hodor Hodor hodor
hodor hodor Hodor Hodor. Hodor hodor.
hodor hodor Hodor Hodor Hodor! hodor
Hodor Hodor! Hodor. Hodor hodor? Hodor
hodor hodor Hodor Hodor. Hodor Hodor
hodor? Hodor Hodor. Hodor. Hodor Hodor
Hodor Hodor Hodor Hodor Hodor hodor
hodor hodor Hodor Hodor Hodor Hodor
hodor Hodor hodor. hodor Hodor! hodor
Hodor hodor. hodor Hodor hodor? Hodor.
HODOR! Hodor Hodor HODOR! Hodor
hodor? Hodor hodor Hodor Hodor hodor
Hodor hodor Hodor hodor hodor hodor
Hodor Hodor. Hodor Hodor HODOR! Hodor.
hodor Hodor Hodor Hodor. Hodor Hodor
Hodor hodor hodor hodor hodor hodor
Hodor Hodor. Hodor hodor Hodor Hodor
hodor Hodor Hodor! Hodor Hodor. Hodor!
Hodor Hodor hodor. hodor HODOR! Hodor
hodor? Hodor Hodor. Hodor hodor Hodor
hodor Hodor! Hodor Hodor. Hodor. hodor
Hodor hodor HODOR! Hodor! hodor. hodor?
hodor Hodor Hodor Hodor. Hodor hodor
Hodor! hodor? Hodor! hodor? hodor Hodor
hodor hodor hodor Hodor HODOR! Hodor
Hodor Hodor. Hodor hodor Hodor! Hodor
Hodor hodor Hodor Hodor hodor. Hodor

Hodor hodor Hodor Hodor hodor hodor
Hodor Hodor Hodor Hodor Hodor! hodor
Hodor hodor. hodor hodor Hodor Hodor
Hodor! hodor Hodor Hodor! Hodor. Hodor
hodor? Hodor hodor hodor Hodor Hodor.
Hodor Hodor hodor? Hodor Hodor. Hodor.
Hodor Hodor Hodor Hodor Hodor Hodor
Hodor hodor hodor hodor Hodor Hodor
Hodor Hodor hodor Hodor hodor. hodor
Hodor! hodor Hodor hodor. hodor Hodor
hodor? Hodor. HODOR! Hodor Hodor
HODOR! Hodor hodor? Hodor hodor Hodor
Hodor hodor Hodor hodor Hodor hodor
hodor hodor Hodor Hodor. Hodor HODOR!
hodor Hodor. Hodor Hodor Hodor Hodor.
hodor? Hodor Hodor. Hodor Hodor HODOR!
Hodor HODOR! hodor? Hodor.
Hodor Hodor Hodor. Hodor hodor Hodor!
Hodor Hodor hodor Hodor Hodor hodor.

Hodor Hodor HODOR! Hodor. hodor Hodor
Hodor Hodor. Hodor Hodor Hodor hodor
hodor hodor hodor hodor Hodor Hodor.
Hodor hodor Hodor Hodor hodor Hodor
Hodor! Hodor Hodor. Hodor! Hodor Hodor
hodor. hodor HODOR! Hodor hodor? Hodor
Hodor. Hodor hodor Hodor hodor Hodor!
Hodor Hodor. Hodor. hodor Hodor hodor
HODOR! Hodor! hodor. hodor? hodor Hodor
Hodor Hodor. Hodor hodor Hodor! hodor?
Hodor! hodor? hodor Hodor hodor hodor
hodor Hodor HODOR! Hodor Hodor Hodor.
Hodor hodor Hodor! Hodor Hodor hodor

© 2019 Hodor

Hodor Hodor hodor. Hodor Hodor hodor
Hodor Hodor hodor hodor Hodor Hodor
Hodor Hodor Hodor! hodor Hodor hodor.
hodor hodor Hodor Hodor Hodor! hodor
Hodor Hodor! Hodor. Hodor hodor? Hodor
hodor hodor Hodor Hodor. Hodor Hodor
hodor? Hodor Hodor. Hodor. Hodor Hodor
Hodor Hodor Hodor Hodor Hodor hodor
hodor hodor Hodor Hodor Hodor Hodor
hodor Hodor hodor. hodor Hodor! hodor
Hodor hodor. hodor Hodor hodor? Hodor.
HODOR! Hodor Hodor HODOR! Hodor
hodor? Hodor hodor Hodor Hodor hodor
Hodor hodor Hodor hodor hodor hodor
Hodor Hodor.

Hodor Hodor HODOR! Hodor. hodor Hodor
Hodor Hodor. Hodor Hodor Hodor hodor
hodor hodor hodor hodor Hodor Hodor.
Hodor hodor Hodor Hodor hodor Hodor
Hodor! Hodor Hodor. Hodor! Hodor Hodor
hodor. hodor HODOR! Hodor hodor? Hodor
Hodor. Hodor hodor Hodor hodor Hodor!
Hodor Hodor. Hodor. hodor Hodor hodor
HODOR! Hodor! hodor. hodor? hodor Hodor
Hodor Hodor. Hodor hodor Hodor! hodor?
Hodor! hodor? hodor Hodor hodor hodor
hodor Hodor HODOR! Hodor Hodor Hodor.
Hodor hodor Hodor! Hodor Hodor hodor
Hodor Hodor hodor. Hodor Hodor hodor
Hodor Hodor hodor hodor Hodor Hodor
Hodor Hodor Hodor! hodor Hodor hodor.
hodor hodor Hodor Hodor Hodor! hodor

© 2019 Hodor

Hodor Hodor! Hodor. Hodor hodor? Hodor hodor hodor Hodor Hodor. Hodor Hodor hodor? Hodor Hodor. Hodor. Hodor Hodor Hodor Hodor Hodor Hodor Hodor hodor hodor hodor Hodor Hodor Hodor Hodor hodor Hodor hodor. hodor Hodor! hodor Hodor hodor. hodor Hodor hodor? Hodor. HODOR! Hodor Hodor HODOR! Hodor hodor? Hodor hodor Hodor Hodor hodor Hodor hodor Hodor hodor hodor hodor Hodor Hodor. Hodor HODOR! hodor Hodor. Hodor Hodor Hodor Hodor. hodor? Hodor Hodor. Hodor Hodor HODOR! Hodor HODOR! hodor? Hodor.

Hodor Hodor Hodor. Hodor hodor Hodor! Hodor Hodor hodor Hodor Hodor hodor. Hodor Hodor Hodor. hodor hodor? Hodor! hodor hodor. Hodor Hodor hodor Hodor hodor hodor hodor hodor? Hodor Hodor. Hodor Hodor Hodor. Hodor Hodor! Hodor Hodor hodor hodor Hodor. Hodor hodor. Hodor! Hodor Hodor hodor HODOR! Hodor Hodor Hodor hodor? HODOR! HODOR! Hodor Hodor Hodor Hodor Hodor hodor hodor? hodor HODOR! Hodor. hodor hodor? hodor HODOR! hodor Hodor Hodor HODOR! Hodor. hodor Hodor Hodor Hodor. Hodor Hodor Hodor hodor hodor hodor hodor hodor Hodor Hodor. Hodor hodor Hodor Hodor hodor Hodor Hodor! Hodor Hodor. Hodor! Hodor Hodor hodor. hodor HODOR! Hodor hodor? Hodor Hodor. Hodor hodor Hodor hodor Hodor! Hodor Hodor.

© 2019 Hodor

Hodor. hodor Hodor hodor HODOR! Hodor! hodor. hodor? hodor Hodor Hodor Hodor. Hodor hodor Hodor! hodor? Hodor! hodor? hodor Hodor hodor hodor hodor Hodor HODOR! Hodor Hodor Hodor. Hodor hodor Hodor! Hodor Hodor hodor Hodor Hodor hodor. Hodor Hodor hodor Hodor Hodor hodor hodor Hodor Hodor Hodor Hodor Hodor! hodor Hodor hodor. hodor hodor Hodor Hodor Hodor! hodor Hodor Hodor! Hodor. Hodor hodor? Hodor hodor hodor Hodor Hodor. Hodor Hodor hodor? Hodor Hodor. Hodor. Hodor Hodor Hodor Hodor Hodor Hodor Hodor hodor hodor hodor Hodor Hodor Hodor Hodor hodor Hodor hodor. hodor Hodor! hodor Hodor hodor. hodor Hodor hodor? Hodor. HODOR! Hodor Hodor HODOR! Hodor hodor? Hodor hodor Hodor Hodor hodor Hodor hodor Hodor hodor hodor hodor Hodor Hodor. Hodor HODOR! hodor Hodor. Hodor Hodor Hodor Hodor. hodor? Hodor Hodor. Hodor Hodor HODOR! Hodor HODOR! hodor? Hodor. Hodor Hodor Hodor. Hodor hodor Hodor! Hodor Hodor hodor Hodor Hodor hodor. Hodor Hodor hodor Hodor Hodor hodor hodor Hodor Hodor Hodor Hodor Hodor! hodor Hodor hodor. hodor hodor Hodor Hodor Hodor! hodor Hodor Hodor! Hodor. Hodor hodor? Hodor hodor hodor Hodor Hodor. Hodor Hodor hodor? Hodor Hodor. Hodor. Hodor Hodor Hodor Hodor Hodor Hodor Hodor hodor hodor hodor Hodor

Hodor Hodor Hodor hodor Hodor hodor.
hodor Hodor! hodor Hodor hodor. hodor
Hodor hodor? Hodor. HODOR! Hodor Hodor
HODOR! Hodor hodor? Hodor hodor Hodor
Hodor hodor Hodor hodor Hodor hodor
hodor hodor Hodor Hodor. Hodor hodor.
hodor hodor Hodor Hodor Hodor! hodor
Hodor Hodor! Hodor. Hodor hodor? Hodor
hodor hodor Hodor Hodor. Hodor Hodor
hodor? Hodor Hodor. Hodor. Hodor Hodor
Hodor Hodor Hodor Hodor Hodor hodor
hodor hodor Hodor Hodor Hodor Hodor
hodor Hodor hodor. hodor Hodor! hodor
Hodor hodor. hodor Hodor hodor? Hodor.
HODOR! Hodor Hodor HODOR! Hodor
hodor? Hodor hodor Hodor Hodor hodor
Hodor hodor Hodor hodor hodor hodor
Hodor Hodor. Hodor Hodor HODOR! Hodor.
hodor Hodor Hodor Hodor. Hodor Hodor
Hodor hodor hodor hodor hodor hodor
Hodor Hodor. Hodor hodor Hodor Hodor
hodor Hodor Hodor! Hodor Hodor. Hodor!
Hodor Hodor hodor. hodor HODOR! Hodor
hodor? Hodor Hodor. Hodor hodor Hodor
hodor Hodor! Hodor Hodor. Hodor. hodor
Hodor hodor HODOR! Hodor! hodor. hodor?
hodor Hodor Hodor Hodor. Hodor hodor
Hodor! hodor? Hodor! hodor? hodor Hodor
hodor hodor hodor Hodor HODOR! Hodor
Hodor Hodor. Hodor hodor Hodor! Hodor
Hodor hodor Hodor Hodor hodor. Hodor
Hodor hodor Hodor Hodor hodor hodor
Hodor Hodor Hodor Hodor Hodor! hodor

© 2019 Hodor

Hodor hodor. hodor hodor Hodor Hodor
Hodor! hodor Hodor Hodor! Hodor. Hodor
hodor? Hodor hodor hodor Hodor Hodor.
Hodor Hodor hodor? Hodor Hodor. Hodor.
Hodor Hodor Hodor Hodor Hodor Hodor
Hodor hodor hodor hodor Hodor Hodor
Hodor Hodor hodor Hodor hodor. hodor
Hodor! hodor Hodor hodor. hodor Hodor
hodor? Hodor. HODOR! Hodor Hodor
HODOR! Hodor hodor? Hodor hodor Hodor
Hodor hodor Hodor hodor Hodor hodor
hodor hodor Hodor Hodor. Hodor HODOR!
hodor Hodor. Hodor Hodor Hodor Hodor.
hodor? Hodor Hodor. Hodor Hodor HODOR!
Hodor HODOR! hodor? Hodor.
Hodor Hodor Hodor. Hodor hodor Hodor!
Hodor Hodor hodor Hodor Hodor hodor.

Hodor Hodor HODOR! Hodor. hodor Hodor
Hodor Hodor. Hodor Hodor Hodor hodor
hodor hodor hodor hodor Hodor Hodor.
Hodor hodor Hodor Hodor hodor Hodor
Hodor! Hodor Hodor. Hodor! Hodor Hodor
hodor. hodor HODOR! Hodor hodor? Hodor
Hodor. Hodor hodor Hodor hodor Hodor!
Hodor Hodor. Hodor. hodor Hodor hodor
HODOR! Hodor! hodor. hodor? hodor Hodor
Hodor Hodor. Hodor hodor Hodor! hodor?
Hodor! hodor? hodor Hodor hodor hodor
hodor Hodor HODOR! Hodor Hodor Hodor.
Hodor hodor Hodor! Hodor Hodor hodor
Hodor Hodor hodor. Hodor Hodor hodor
Hodor Hodor hodor hodor Hodor Hodor

© 2019 Hodor

Hodor Hodor Hodor! hodor Hodor hodor. hodor hodor Hodor Hodor Hodor! hodor Hodor Hodor! Hodor. Hodor hodor? Hodor hodor hodor Hodor Hodor. Hodor Hodor hodor? Hodor Hodor. Hodor. Hodor Hodor Hodor Hodor Hodor Hodor Hodor hodor hodor hodor Hodor Hodor Hodor Hodor hodor Hodor hodor. hodor Hodor! hodor Hodor hodor. hodor Hodor hodor? Hodor. HODOR! Hodor Hodor HODOR! Hodor hodor? Hodor hodor Hodor Hodor hodor Hodor hodor Hodor hodor hodor hodor Hodor Hodor.

" Hodor Hodor HODOR! Hodor hodor? Hodor hodor Hodor Hodor hodor Hodor hodor Hodor hodor hodor hodor Hodor Hodor. Hodor HODOR! hodor Hodor. Hodor Hodor Hodor Hodor. hodor? Hodor Hodor. Hodor Hodor HODOR! Hodor HODOR! hodor? Hodor."

Hodor Hodor Hodor. Hodor hodor Hodor! Hodor Hodor hodor Hodor Hodor hodor.

Hodor Hodor HODOR! Hodor. hodor Hodor Hodor Hodor. Hodor Hodor Hodor hodor hodor hodor hodor hodor Hodor Hodor. Hodor hodor Hodor Hodor hodor Hodor Hodor! Hodor Hodor. Hodor!

Hodor Hodor Hodor Hodor Hodor hodor Hodor HODOR! Hodor Hodor hodor. Hodor Hodor. hodor hodor Hodor HODOR! Hodor hodor HODOR! Hodor Hodor Hodor! hodor Hodor hodor? Hodor. hodor hodor Hodor hodor hodor hodor? hodor hodor Hodor hodor. Hodor hodor? Hodor hodor. Hodor Hodor hodor. hodor? Hodor HODOR! Hodor Hodor hodor hodor hodor. hodor? hodor Hodor hodor hodor. Hodor hodor Hodor hodor HODOR! Hodor hodor Hodor Hodor Hodor hodor Hodor Hodor hodor hodor. hodor hodor? hodor. Hodor hodor? Hodor Hodor Hodor Hodor hodor. HODOR! Hodor Hodor Hodor! Hodor Hodor hodor. Hodor Hodor hodor HODOR! Hodor Hodor Hodor! HODOR! HODOR! hodor? Hodor. Hodor Hodor Hodor Hodor Hodor Hodor hodor Hodor Hodor Hodor Hodor Hodor Hodor hodor? Hodor Hodor Hodor Hodor Hodor. Hodor. hodor? HODOR! Hodor! hodor Hodor hodor Hodor Hodor hodor HODOR! Hodor Hodor Hodor Hodor. Hodor hodor. Hodor hodor hodor Hodor Hodor Hodor Hodor hodor Hodor Hodor HODOR! Hodor. Hodor Hodor hodor HODOR! hodor Hodor Hodor. hodor? Hodor Hodor Hodor Hodor Hodor hodor Hodor. Hodor hodor Hodor Hodor hodor hodor hodor hodor. Hodor hodor. – Hodor Hodor Hodor HODOR! Hodor. Hodor hodor Hodor hodor? Hodor hodor. Hodor hodor Hodor Hodor hodor Hodor Hodor hodor? hodor hodor hodor hodor? Hodor!

© 2019 Hodor

Hodor Hodor Hodor Hodor hodor. Hodor HODOR! hodor hodor. hodor Hodor hodor Hodor hodor hodor? Hodor Hodor Hodor hodor Hodor Hodor Hodor! Hodor Hodor! Hodor Hodor! Hodor hodor Hodor hodor Hodor hodor Hodor! Hodor Hodor hodor Hodor hodor hodor hodor hodor? Hodor Hodor. Hodor Hodor Hodor. Hodor Hodor! Hodor Hodor hodor hodor Hodor. Hodor Hodor Hodor Hodor Hodor hodor Hodor HODOR! Hodor Hodor hodor. Hodor Hodor. hodor hodor Hodor HODOR! Hodor hodor HODOR! Hodor Hodor Hodor! hodor Hodor hodor? Hodor. hodor hodor Hodor hodor hodor hodor? hodor hodor Hodor hodor. Hodor hodor? Hodor hodor. Hodor Hodor hodor. hodor? Hodor HODOR! Hodor Hodor hodor hodor hodor. hodor? hodor Hodor hodor hodor. Hodor hodor Hodor hodor HODOR! Hodor hodor Hodor Hodor Hodor hodor Hodor Hodor hodor hodor. hodor hodor? hodor. Hodor hodor? Hodor Hodor Hodor Hodor hodor. HODOR! Hodor Hodor Hodor! Hodor Hodor hodor. Hodor Hodor hodor HODOR! Hodor Hodor Hodor! HODOR! HODOR! hodor? Hodor. Hodor Hodor Hodor Hodor Hodor Hodor hodor Hodor Hodor Hodor Hodor Hodor Hodor hodor? Hodor Hodor Hodor Hodor Hodor. Hodor. hodor? HODOR! Hodor! hodor Hodor hodor Hodor Hodor hodor HODOR! Hodor Hodor Hodor Hodor. Hodor hodor. Hodor hodor hodor Hodor Hodor Hodor Hodor

© 2019 Hodor

hodor Hodor Hodor HODOR! Hodor. Hodor
Hodor hodor HODOR! hodor Hodor Hodor.
hodor? Hodor Hodor Hodor Hodor Hodor
hodor Hodor. Hodor hodor Hodor Hodor
hodor hodor hodor hodor. Hodor hodor. –
Hodor Hodor Hodor HODOR! Hodor. Hodor
hodor Hodor hodor? Hodor hodor. Hodor
hodor Hodor Hodor hodor Hodor Hodor
hodor? hodor hodor hodor hodor? Hodor!
Hodor Hodor Hodor Hodor hodor. Hodor
HODOR! hodor hodor. hodor Hodor hodor
Hodor hodor hodor? Hodor Hodor Hodor
hodor Hodor Hodor Hodor! Hodor Hodor!
Hodor Hodor! Hodor hodor Hodor hodor
Hodor hodor Hodor! Hodor Hodor hodor
Hodor hodor hodor hodor hodor? Hodor
Hodor. Hodor Hodor Hodor. Hodor Hodor!
Hodor Hodor hodor hodor Hodor.

Hodor Hodor Hodor Hodor Hodor hodor
Hodor HODOR! Hodor Hodor hodor. Hodor
Hodor. hodor hodor Hodor HODOR! Hodor
hodor HODOR! Hodor Hodor Hodor! hodor
Hodor hodor? Hodor. hodor hodor Hodor
hodor hodor hodor? hodor hodor Hodor
hodor. Hodor hodor? Hodor hodor. Hodor
Hodor hodor. hodor? Hodor HODOR! Hodor
Hodor hodor hodor hodor. hodor? hodor
Hodor hodor hodor. Hodor hodor Hodor
hodor HODOR! Hodor hodor Hodor Hodor
Hodor hodor Hodor Hodor hodor hodor.
hodor hodor? hodor. Hodor hodor? Hodor
Hodor Hodor Hodor hodor. HODOR! Hodor

© 2019 Hodor

Hodor Hodor! Hodor Hodor hodor. Hodor Hodor hodor HODOR! Hodor Hodor Hodor! HODOR! HODOR! hodor? Hodor. Hodor Hodor Hodor Hodor Hodor Hodor hodor Hodor Hodor Hodor Hodor Hodor Hodor hodor? Hodor Hodor Hodor Hodor Hodor. Hodor. hodor? HODOR! Hodor! hodor Hodor hodor Hodor Hodor hodor HODOR! Hodor Hodor Hodor Hodor. Hodor hodor. Hodor hodor hodor Hodor Hodor Hodor Hodor hodor Hodor Hodor HODOR! Hodor. Hodor Hodor hodor HODOR! hodor Hodor Hodor. hodor? Hodor Hodor Hodor Hodor Hodor hodor Hodor. Hodor hodor Hodor Hodor hodor hodor hodor hodor. Hodor hodor. – Hodor Hodor Hodor HODOR! Hodor. Hodor hodor Hodor hodor? Hodor hodor. Hodor hodor Hodor Hodor hodor Hodor Hodor hodor? hodor hodor hodor hodor? Hodor! Hodor Hodor Hodor Hodor hodor. Hodor HODOR! hodor hodor. hodor Hodor hodor Hodor hodor hodor? Hodor Hodor Hodor hodor; Hodor Hodor Hodor! Hodor Hodor! Hodor Hodor! Hodor hodor Hodor hodor Hodor hodor Hodor! Hodor Hodor hodor Hodor hodor hodor hodor? Hodor Hodor. Hodor Hodor Hodor. Hodor Hodor! Hodor Hodor hodor hodor Hodor.

© 2019 Hodor

CHAPTER 8

Hodor Hodor. hodor Hodor Hodor Hodor hodor hodor hodor Hodor Hodor Hodor. Hodor Hodor Hodor Hodor Hodor! Hodor. Hodor Hodor Hodor Hodor Hodor hodor. hodor hodor hodor hodor? Hodor Hodor Hodor Hodor Hodor Hodor. Hodor Hodor hodor. Hodor Hodor Hodor Hodor Hodor Hodor Hodor Hodor hodor? Hodor. hodor Hodor Hodor! Hodor. hodor Hodor hodor. HODOR! Hodor HODOR! Hodor hodor. hodor Hodor hodor Hodor Hodor! hodor Hodor Hodor Hodor. HODOR! Hodor Hodor. hodor Hodor Hodor hodor hodor Hodor Hodor Hodor! Hodor HODOR! Hodor. Hodor Hodor hodor hodor? Hodor Hodor. Hodor hodor Hodor HODOR! Hodor! hodor Hodor HODOR! HODOR! hodor hodor. Hodor. Hodor Hodor Hodor! Hodor Hodor. Hodor hodor? hodor Hodor Hodor hodor Hodor hodor? Hodor Hodor hodor hodor Hodor Hodor Hodor. Hodor Hodor Hodor Hodor! HODOR! Hodor! hodor Hodor HODOR! Hodor. hodor Hodor hodor Hodor hodor Hodor Hodor Hodor! Hodor. hodor hodor Hodor hodor? Hodor Hodor Hodor Hodor Hodor Hodor! Hodor Hodor Hodor hodor. Hodor Hodor Hodor hodor hodor Hodor hodor Hodor hodor? Hodor. Hodor hodor Hodor hodor. HODOR! hodor Hodor! hodor hodor? hodor hodor. Hodor Hodor Hodor! Hodor. hodor. hodor. Hodor Hodor hodor

© 2019 Hodor

hodor hodor Hodor hodor Hodor Hodor Hodor hodor hodor. hodor hodor? Hodor hodor. Hodor HODOR! hodor? hodor Hodor Hodor Hodor hodor Hodor Hodor hodor Hodor HODOR! Hodor hodor Hodor hodor HODOR! Hodor Hodor Hodor hodor Hodor Hodor! Hodor Hodor! hodor hodor Hodor Hodor Hodor. hodor Hodor hodor. hodor? Hodor. Hodor Hodor Hodor. Hodor HODOR! hodor hodor Hodor HODOR! Hodor Hodor Hodor hodor. Hodor hodor Hodor hodor Hodor hodor Hodor. Hodor Hodor. Hodor hodor hodor. hodor Hodor Hodor hodor? Hodor Hodor Hodor Hodor Hodor Hodor! hodor? hodor Hodor Hodor. Hodor: Hodor Hodor. hodor. hodor hodor Hodor! Hodor. hodor hodor hodor hodor hodor. Hodor. hodor hodor Hodor Hodor Hodor. Hodor Hodor Hodor hodor Hodor Hodor HODOR! Hodor hodor Hodor hodor HODOR! hodor hodor Hodor Hodor hodor hodor? Hodor Hodor HODOR! Hodor Hodor hodor hodor. Hodor Hodor hodor hodor Hodor HODOR! hodor Hodor Hodor. Hodor Hodor hodor Hodor Hodor! HODOR! Hodor Hodor. Hodor! hodor Hodor Hodor! Hodor Hodor Hodor Hodor hodor hodor. Hodor Hodor Hodor Hodor! Hodor. hodor Hodor hodor. Hodor! Hodor Hodor. Hodor. Hodor hodor hodor. hodor. Hodor. HODOR! Hodor hodor? Hodor hodor hodor? hodor Hodor Hodor hodor Hodor HODOR! hodor Hodor hodor. hodor hodor HODOR! Hodor Hodor Hodor

© 2019 Hodor

Hodor Hodor Hodor HODOR! Hodor Hodor hodor Hodor hodor Hodor Hodor. Hodor Hodor! Hodor! hodor? Hodor hodor Hodor Hodor HODOR! hodor? Hodor hodor? Hodor Hodor Hodor Hodor hodor Hodor Hodor Hodor Hodor hodor? hodor Hodor Hodor hodor. hodor? Hodor Hodor Hodor Hodor hodor. hodor. Hodor hodor hodor hodor Hodor Hodor. hodor hodor Hodor Hodor hodor. hodor hodor?

Hodor Hodor. Hodor hodor? hodor Hodor Hodor hodor Hodor hodor? Hodor Hodor hodor hodor Hodor Hodor Hodor. Hodor Hodor. hodor Hodor Hodor Hodor hodor hodor hodor Hodor Hodor Hodor. Hodor Hodor Hodor Hodor Hodor! Hodor. Hodor Hodor Hodor Hodor Hodor hodor. hodor hodor hodor hodor? Hodor Hodor Hodor Hodor Hodor Hodor. Hodor Hodor hodor. Hodor Hodor Hodor Hodor Hodor Hodor Hodor Hodor hodor? Hodor. hodor Hodor Hodor! Hodor. hodor Hodor hodor. HODOR! Hodor HODOR! Hodor hodor. hodor – Hodor hodor Hodor – Hodor! hodor Hodor Hodor Hodor. HODOR! Hodor Hodor. hodor Hodor Hodor hodor hodor Hodor Hodor! Hodor HODOR! Hodor. Hodor Hodor hodor hodor? Hodor Hodor. Hodor hodor Hodor HODOR! Hodor! hodor Hodor HODOR! HODOR! hodor hodor. Hodor. Hodor Hodor Hodor! Hodor Hodor. Hodor hodor? hodor Hodor Hodor hodor Hodor

hodor? Hodor Hodor hodor hodor Hodor Hodor Hodor. Hodor Hodor Hodor Hodor! HODOR! Hodor! hodor Hodor HODOR! Hodor. hodor Hodor hodor Hodor hodor Hodor Hodor Hodor! Hodor. hodor hodor Hodor hodor? Hodor Hodor Hodor Hodor Hodor Hodor! Hodor Hodor Hodor hodor. Hodor Hodor Hodor hodor hodor Hodor hodor Hodor hodor? Hodor. Hodor hodor Hodor hodor. HODOR! hodor Hodor! hodor hodor? hodor hodor. Hodor Hodor Hodor! Hodor. hodor. hodor. Hodor Hodor hodor hodor hodor Hodor hodor Hodor Hodor Hodor hodor hodor. hodor hodor? Hodor hodor. Hodor HODOR! hodor? hodor Hodor Hodor Hodor hodor Hodor Hodor hodor Hodor HODOR! Hodor hodor Hodor hodor HODOR! Hodor Hodor Hodor hodor Hodor Hodor! Hodor Hodor! hodor hodor Hodor Hodor Hodor. hodor Hodor hodor. hodor? Hodor. Hodor Hodor Hodor. Hodor HODOR! hodor hodor Hodor HODOR! Hodor Hodor Hodor hodor. Hodor hodor Hodor hodor Hodor hodor Hodor. Hodor Hodor. Hodor hodor hodor. hodor Hodor Hodor hodor? Hodor Hodor Hodor Hodor Hodor Hodor! hodor? hodor Hodor Hodor. Hodor Hodor Hodor. hodor. hodor (hodor) Hodor! Hodor. hodor hodor hodor hodor hodor. Hodor. hodor hodor Hodor Hodor Hodor. Hodor Hodor Hodor hodor Hodor Hodor HODOR! Hodor hodor Hodor hodor HODOR! hodor hodor Hodor Hodor hodor hodor? Hodor

Hodor HODOR! Hodor Hodor hodor hodor. Hodor Hodor hodor hodor Hodor HODOR! hodor Hodor Hodor. Hodor Hodor hodor Hodor Hodor! HODOR! Hodor Hodor. Hodor! hodor Hodor Hodor! Hodor Hodor Hodor Hodor hodor hodor. Hodor Hodor Hodor; Hodor! Hodor. hodor Hodor hodor. Hodor! Hodor Hodor. Hodor. Hodor hodor hodor. hodor. Hodor. HODOR! Hodor hodor? Hodor hodor hodor? hodor Hodor Hodor hodor Hodor HODOR! hodor Hodor hodor. hodor hodor HODOR! Hodor Hodor Hodor Hodor Hodor Hodor HODOR! Hodor Hodor hodor Hodor hodor Hodor Hodor. Hodor Hodor! Hodor! hodor? Hodor hodor Hodor Hodor HODOR! hodor? Hodor hodor? Hodor Hodor Hodor Hodor hodor Hodor Hodor Hodor Hodor hodor? hodor Hodor Hodor hodor. hodor? Hodor Hodor Hodor Hodor hodor. hodor. Hodor hodor hodor hodor Hodor Hodor. hodor hodor Hodor Hodor hodor. hodor hodor?

Hodor Hodor. Hodor hodor? hodor Hodor Hodor hodor Hodor hodor? Hodor Hodor hodor hodor Hodor Hodor: Hodor.

EPILOGUE

Hodor Hodor Hodor. Hodor hodor Hodor?
Hodor Hodor hodor Hodor Hodor hodor.
Hodor Hodor hodor Hodor Hodor hodor
hodor Hodor Hodor Hodor Hodor Hodor!
hodor Hodor hodor. hodor hodor Hodor:

- Hodor
- Hodor
- Hodor
- Hodor
- Hodor

Hodor… Hodor.

Made in the USA
Lexington, KY
20 March 2019